हम लोग

हम लोग

मनोहर श्याम जोशी

वाणी प्रकाशन

वाणी प्रकाशन

4695, 21-ए, दरियागंज, नयी दिल्ली 110 002

शाखा

अशोक राजपथ, पटना 800 004

फ़ोनः +91 11 23273167 फ़ैक्सः +91 11 23275710

www.vaniprakashan.in
vaniprakashan@gmail.com

HUM LOG
by Manohar Shyam Joshi

ISBN : 978-93-5072-691-4
Novel

वाणी प्रकाशन द्वारा प्रकाशित प्रथम संस्करण 2014

मूल्य : ₹ 125

हर्ष प्रिंटर्स, दिल्ली-110 093 में मुद्रित

वाणी प्रकाशन का लोगो मक़बूल फ़िदा हुसेन की कूची से

"हमलोग" के विषय में अगर मुझे कुछ कहना है तो सिर्फ इतना ही — दूरदर्शन के माध्यम से प्रसारित होने वाली यह श्रृंखला मात्र एक काल्पनिक कथानक नहीं बल्कि आम आदमी की जिन्दगी का एक जरूरी हिस्सा है — जिन्दगी की एक सच्चाई है" — और यही वजह है कि इस श्रृंखला ने अपने देश में ही नहीं बल्कि सीमावर्ती पड़ोसी देशों में भी जो लोकप्रियता अर्जित की है, वह अभूतपूर्व है — चमत्कार है।

"हम लोग" के विषय में और क्या कहूँ — यह तो एक आईना है — आईना है हम सबका....। और अब "स्टार पाकेट बुक्स" के सौजन्य से इस सर्वाधिक लोकप्रिय धारावाहिक का औपन्यासिक रूपांतर आपके हाथों में है। मुझे विश्वास है आपने जिस स्नेह प्यार और आदर से दूरदर्शन की इस श्रृंखला को स्वीकारा — उसी अपनेपन से इसे भी अपनाएंगे।

आपका

अशोक कुमार

लेखक की ओर से

जब 1983 के अन्तिम महीनों में सूचना और प्रसारण मंत्रालय के सचिव श्री एस. एस. गिल ने मुझे 'हम लोग' (यह नाम उनका ही सुझाया है) नामक सोप ओपेरा की रूपरेखा तैयार करने की जिम्मेदारी सौंपी तब मुझे इस बात की जरा भी कल्पना नहीं थी कि मैं इसी काम में आगे उलझा रह जाऊँगा और ये कार्यक्रम बेहद लोकप्रिय होगा। ये सही है कि दुनिया के सभी देशों में 'सोप ओपेरा' लोकप्रिय होते आये हैं। लेकिन भारत में इनके सफल होने के विषय में बहुतों के मन में सन्देह था। फिर सूचना प्रसारण मंत्रालय 'सोप ओपेरा' भी उस प्रकार का बनवाना चाह रहा था जिसमें कथानक को आम जिन्दगी के अधिक से अधिक निकट रखा जाता है और समाज के लिए हितकारी सन्देश उसके माध्यम से प्रसारित करने का यत्न किया जाता है। इस प्रकार के सोप ओपेरा मैक्सिको में मीगेल साबिदो नामक नाटकार–दिग्दर्शक ने पहले पहल बनाये थे। साबिदो ने यहाँ आकर कुछ लोगों को दीक्षा दी और दूरदर्शन के कुछ लोग साबिदो से दीक्षा लेने मैक्सिको गये–'हम लोग' के लेखक, दिग्दर्शक और निर्माता तीनों को ही यह सौभाग्य प्राप्त नहीं हुआ।

'हम लोग' की आरम्भिक कड़ियाँ देखकर सभी समीक्षकों ने यह फतवा दिया कि ये बहुत बेकार-सा कार्यक्रम है। इसे न आम लोग पसन्द करेंगे और न खास लोग। कार्यक्रम के प्रायोजक भी कुछ घबराये-घबराये-से नजर आने लगे। केवल सूचना प्रसारण मंत्रालय के सचिव इस घबराहट के भागीदार नहीं बने। उन्होंने ही 'हम लोग' का हौंसला बढ़ाये रखा।

कार्यक्रम के शुरू होने के बाद दर्शकों में सर्वेक्षण किये गये, उनसे यह प्रमाणित हुआ कि 'हम लोग' लोकप्रियता के नये कीर्तिमान

स्थापित कर रहा है। शीघ्र ही इसने लोकप्रियता में फिल्मों पर आधारित 'चित्रहार' तथा 'शो-थीम' जैसे कार्यक्रमों को पीछे छोड़ दिया।

लोकप्रियता के अपने तकाजे होते हैं। दर्शकों के आग्रह पर लेखक को कहानी में ऐसे मोड़ देने पड़े जो सोचे नहीं गये थे। 'हम लोग' लिखते हुए मुझे दर्शकों के साथ-साथ दोनों निर्माताओं के आग्रहों की भी रक्षा करनी पड़ी। इसलिए कुल मिला के कहानी ठीक वैसी नहीं रही जैसी सोची गयी थी। फिर भी यह कहा जा सकता है कि 'हम लोग' में लेखक को जितनी छूट मिली उतनी 'सोप ओपेरा' क्या सिनेमा के लेखक को भी नहीं मिलती। 'सोप ओपेरा' ज्यादातर बहुत-से लेखक मिल के लिखते हैं, लेकिन यहाँ सारा काम एक ही लेखक के जिम्मे रहा है।

शुरू से ही दर्शक यह माँग कर रहे हैं कि 'हम लोग' जिस उपन्यास के आधार पर लिखा गया है उसे छापा जाए। उनका खयाल है कि 'हम लोग' सारा-का-सारा एक साथ लिखा गया था और उसके सब प्रकरण शूट किये जा चुके हैं। कईयों का तो ये दावा है कि हम दो सौ प्रकरण तक के वीडियो कैसेट देख चुके हैं! सच्चाई ये है कि 'हम लोग' की बीस पृष्ठ की एक रूपरेखा ही आरम्भ में तैयार की गयी थी। कार्यक्रम जैसे-जैसे लिखाया जा रहा है, वैसे-वैसे शूट हो रहा है।

बहरहाल 'हम लोग' उपन्यास की इतनी माँग थी कि स्टार पॉकेट बुक्स के श्री अनिल वर्मा ने प्रसारित प्रकरणों के आधार पर उपन्यास छापने का प्रस्ताव किया। 'हम लोग' में मैं इतना व्यस्त था कि रूपान्तर चाहकर भी खुद नहीं कर सका। ये काम तब स्टार पॉकेट बुस्क वालों ने खुद अपने जिम्मे लिया। इसमें 'हम लोग' के सौवें प्रकरण तक की कहानी संक्षेप में मगर मूल संवादों के साथ दी गयी है।

आशा है कि यह 'हम लोग' के उन प्रशंसकों को पसन्द आएगा जो 'हम लोग' देखना ही नहीं पढ़ना भी चाहते हैं।

16.07.1985 **—मनोहर श्याम जोशी**

हम लोग परिवार

	सदस्य का नाम	कलाकार	व्यवसाय
1.	दादा (सुबेदार रिज्जकराम)	लहरी सिंह	अवकाश प्राप्त बैंक कर्मचारी
2.	दादी (इमरिती देवी)	सुषमा सेठ	मंच और फिल्म अभिनेत्री
3.	पिता (बसेसर राम)	विनोद नागपाल	व्यापारी, मंच अभिनेता
4.	माँ (भागवन्ती)	जयश्री अरोड़ा	अध्यापिका, मंच अभिनेत्री
5.	बड़की (गुणवन्ती)	सीमा भार्गव	मंच अभिनेत्री
6.	लल्लू (ललित प्रसाद)	राजेश पुरी	मंच, फिल्म अभिनेता
7.	नन्हें (चन्दर प्रकाश)	अभिनव चतुर्वेदी	छात्र, सेंट स्टीफन्स
8.	मंझली (रूपवन्ती)	दिव्या सेठ	छात्रा, सेंट स्टीफन्स
9.	छुटकी (प्रीति)	लवलीनी मिश्रा	छात्रा लेडी श्रीराम
10.	डॉ. अश्वनी	डॉ. अश्विनी कुमार	सफदरजंग अस्पताल में डॉ.
11.	प्रोफेसर सुधीर सिन्हा	एस.एम.जहीर	मंच अभिनेता, इंजीनियर
12.	डॉक्टर अर्पणा	अर्पणा कटारिया	अभिनेत्री
13.	उषारानी	रेणुका इसरानी	छात्रा एन.एस.डी
14.	किशोरीलाल	कुलभूषण सेठी	व्यापारी
15.	कामिया	कामिया मल्होत्रा	फिल्मों में आने वाली है।
16.	प्रिंस अजयसिंह	आसिफ शेख	मॉडल और अभिनेता
17.	महादेव बाबू	शमशेर सिंह ठाकुर	रेडियो. टी.वी. अभिनेता
18.	निक्का (केसरी)	विजय कुमार	व्यापारी
19.	टोनी (त्रिभुवन)	मनोज पाहवा	मॉडल और अभिनेता
20.	विलायती चाचा (सालिगराम)	अरुण सहगल	प्राध्यापक
21.	विलायती चाची (शकुन)	पूनम माथुर	गृहिणी
22.	सारिका	सरिता सरना	छात्रा जीसस एण्ड मैरी
23.	अनुराग	प्रदीप सक्सेना	कम्प्यूटर इंजीनियर
24.	इंस्पेक्टर सामदार	राजेन्द्र घूघू	छात्र जे.एन.यू.

सुबह...

आकाश की ऊँचाई की तरफ बढ़ता अलसाया-सा सूरज—धीरे-धीरे खिलता हुआ-सा...।

दिल्ली जैसे महानगर में जहाँ भोर की पहली किरण के साथ ही नगर का सन्नाटा भंग हो जाता है—सड़कों पर काम की तलाश के लिए भागते गरीब-मजदूर तबके के लोग—ड्यूटी पर जाने की तैयारी करते हुए बाबू लोग—काम पर जाने के लिए बहुत लम्बा सफर तय करना होता है ना—सड़कों पर भागते दो पहिया—तीन पहिया और चार पहिया वाहनों का शोर—इसी महानगर में जनता कालोनी के एल. आई.जी. फ्लैट में रहने वाले बसेसर राम जी के भरे पूरे परिवार में भी सुबह होते ही हलचल शुरू हो जाती है।

बसेसर राम—नशे में डूबा हुआ एक हारा हुआ व्यक्तित्व—हर तरफ से हारा हुआ इनसान—नसीब से और अपने आप से भी—अगर होंठ हिलते हैं तो होंठों पर या तो शराब की बात होती है या फिर सहगल का गीत—सुर और सुरा—बस यही तो जिन्दगी है बसेसर राम की।

भोर की पहली किरण के साथ ही बसेसर राम जी तो होंठों पर सुर सजाये सुरा का ख्वाब देखने घर से निकल गये—मगर जनता कालोनी के उस फ्लैट से एक-दो सदस्यों का बाहर निकलना तो कोई मायने ही नहीं रखता था—भरा पूरा परिवार था बसेसर राम जी का।

दादा जी यानि बसेसर राम के पिता–इस परिवार के लिए आदर्श मगर बसेसर राम को उनकी हर बात में कोई न कोई व्यंग्य ही छिपा नज़र आता है–दादी जी–पूरी तरह से दुनिया की मोह माया में डूबी हुई नारी-जीवन की आखिरी साँस तक सुख सुविधाओं की लालसा रखने वाली। और इन्हीं दादा-दादी की पुत्रवधू यानि बसेसर राम की दूसरी पत्नी भागवन्ती–अपने आप में ही सिमटी हुई डरी-सी, सहमी-सी ममता की मारी नारी–सात बच्चों की माँ–पाँच लड़कियाँ व दो लड़के–दो लड़कियों की शादी हो चुकी–पाँच यहीं हैं–इसी फ्लैट में।

बड़की यानि गुणवन्ती–सूरत भले ही बहुत अच्छी न मिली हो मगर सीरत ज़रूर है। लल्लू यानि ललित प्रसाद, हर समय सात सौ–तेरह सौ के ग्रेड के ख्वाब देखने वाला–अंग्रेजी की टाँग तोड़ने वाला महाविद्वान्। मँझली यानि रूपवन्ती–सूरत तो मँझली के पास भी नहीं मगर हाव-भाव से अपने आपको किसी हिट हीरोइन से कम प्रदर्शित नहीं होने देना चाहती। नन्हें यानि चन्द्रप्रकाश–बेचारा ना जाने कैसे आ फँसा इस परिवार में–हर समय बड़ी-बड़ी बातें–जमीन पर रहकर आकाश की बातें–छुटकी यानि प्रीति–घर भर की चहेती–अच्छे बुरे की तमीज़ रखने वाली लाडली छुटकी। छुटकी को जोर-जोर से पढ़ता देखकर मँझली को अपने रियाज़ में बाधा पड़ती हुई महसूस हुई–एकाएक झल्ला-सी उठी मँझली।

"ए छुटकी की बच्ची–धीरे बोलकर पढ़ाई नहीं की जा सकती...।"

"क्यों...?" किताब में झुका हुआ चेहरा उठाया छुटकी ने।

"देख नहीं रही–मैं रियाज़ कर रही हूँ...।" झल्लाये हुए स्वर में ही बोली मँझली।

"और तू नहीं देख रही मैं पढ़ाई कर रही हूँ...।"

छुटकी के इस जवाब के साथ ही ढीली पड़ गयी मँझली।

"प्लीज़ छुटकी–रियाज़ करने दे यार...।"

"प्लीज़ मँझली–मुझे पढ़ने दे यार...।"

"और प्लीज़–तुम दोनों मुझे भी ये बैंक वाला फार्म भरने दो ना यार...एक तो पहले ही अपुन के पल्ले कुछ नहीं पड़ रहा और ऊपर से तुम दोनों–उफ...।"

"पल्ले भी कैसे पड़ेगा लल्लू भैया–फार्म अंग्रेजी में है और आप...।"

"ए...ए छुटकी–वाट लल्लू–यू नो–आई एम यौर एल्डर ब्रदर एल. प्रसाद–आई मीन ललित प्रसाद...।"

"ओ.के., एल. प्रसाद जी...।"

"ओ.के...ओ.के...।" सहमति में सिर हिलाया लल्लू ने–"एण्ड वहाट डू यू मीन–योर मीनिंग देट आई डोंट नो इंग्लिश एण्ड...।"

“बस-बस लल्लू भैया—हमें पूरा यकीन हो गया—आप अंग्रेजी के महाविद्वान् हैं—मगर फार्म में अंग्रेजी ही गलत लिखी है—इसीलिए असुविधा हो रही है...।”

“वही तो...वही तो...। ससुरों को अंग्रेजी भी लिखनी ना आये है और ऊपर से यह भी नहीं कह सकते कि असुविधा के लिए खेद है...।”

“बस—बस—जाने दीजिए—लाइए आपका सेवन हंड्रेड डैश थर्टीन हंड्रेड वाला फार्म मैं ही भर देती हूँ।” प्रीति यानि छुटकी ने जैसे दरियादिली दिखायी।

“ह्वाई नाट—ये की ना तूने छोटी बहन वाली बात...।”

खुशी से खिल उठा लल्लू का चेहरा—“भर तो मैं खुद भी लेता मगर वो क्या है कि इस वक्त मैं बहुत बिज़ी हूँ...।”

“अंगूर खट्टे वाली बात है, एल. प्रसाद जी...।”

यह चौथा स्वर नन्हें का था—नन्हें यानि चन्द्रप्रकाश का।

“ऐ-ऐ—नन्हें—तू कहाँ से टपक पड़ा—ये बीच में टाँग अड़ाने की आदत नहीं जायेगी तेरी...।”

“टंगड़ी का मज़ा तो अपना ही होता है भाई साहब—एक बार किसी को देकर तो देखिये टंगड़ी...।”

“हाँ—सामने वाला टाँग ही ना तोड़कर रख देगा हमारी—हम नहीं खेलते ऐसे खतरनाक खेल—और तुझे भी एल्डर ब्रदर होने के नाते यही समझाया करते हैं कि—इतना आकाश में न उड़ा कर कि सेवन हंड्रेड डेस थर्टीन हंड्रेड वाले ग्रेड से भी जाता रहे...।”

“आकाश में उड़ने वाले सैकड़ों के नहीं हज़ारों के ख्वाब देखा करते हैं मिस्टर एल. प्रसाद—लाखों की बातें किया करते हैं—करोड़ों के...।”

“बस—बस—ये लाख करोड़ तू अपने पास ही रख, मुझे तो चक्कर आने लगा तेरी बातों से...।”

“अपने करोड़ों में से दस बीस लाख मुझे भी दे देना नन्हें—तेरी बहन हूँ यार...।” मँझली शरारती लहज़े में बोली।

“ओ.के. सिस्टर—जाओ पचास लाख तुम्हारे खाते में भी डाल दिये—तुम भी क्या याद करोगी किसी रईस से पाला पड़ा था—अच्छा चलो पचास लाख बड़की के खाते में भी...।”

मेजपोश पर कढ़ाई करती बड़की यानि गुणवन्ती ने पहली बार मेजपोश से चेहरा उठाया—“मुझे तो सैकड़ों की जिन्दगी की ही आदत पड़ी हुई है नन्हें—मैं क्या करूँगी लाखों का...।”

“मगर नन्हें महाराज अपना वचन वापिस भी तो नहीं ले सकते—हाँ आपकी

इच्छा पर किसी और खाते में ट्रांसफर किये जा सकते हैं ये रुपये...।"

"नन्हें—ज्यादा धन्ना सेठ तो बन मत—जा भाई अपना काम कर—छुटकी को फार्म भरने दे—फार्म...।"

"वाह, एल. प्रसाद जी ग्रेट—फार्म छुटकी भरेगी और इंटरव्यू आप देंगे—बहुत खूब...।"

और नन्हें की बात के जवाब में लल्लू कुछ कहना ही चाहता था कि तभी...।

"थप...।"

"थप-थप...।"

"लगता है बापू आ गये...।" बुदबुदाई-सी छुटकी।

एक खामोशी-सी छा गयी वहाँ—बसेसर राम जी की मौजूदगी के अहसास के साथ ही।

बड़की ने उठकर आगे बढ़ते हुए दरवाज़ा खोल दिया।

बसेसर राम ही थे—उनके पिता...।

"ये क्या हंगामा मचा रखा है तुम सबने...।" बसेसर राम ने कमरे में प्रवेश करते ही चेहरे पर निगाह डाली—उनके हुलिए से तो स्पष्ट ही था कि वह इतनी सुबह ही दो घूँट चढ़ाकर ही आये हैं।

"कुछ नहीं—कुछ भी तो नहीं डैड—हम तो...।"

"देख भाई नन्हें—तुझे कितनी ही बार बोला है हमने—जीते जागते बाप को डैड मत बोला कर—वैसे ये बात तो मुझे भी पता है कि तुम लोगों के लिए तो मरे ही बराबर हूँ मैं—तभी तो इस घर में मेरी नहीं, तुम लोगों के दादा जी की चलती है—मैं तुम्हारा बाप होकर भी पराया ही रहा और तुम्हारा चाचा सालिगराम यहाँ से हज़ारों मील दूर विदेश में रहता हुआ भी तुम लोगों का सगा हो गया—अब तुम्हारी भी क्या कहूँ—तुम्हारी माँ यानि मेरी घरवाली भागवन्ती भी तो देवर सालिगराम के ही गुण गाये है...।"

रसोई में खामोशी से चौके बरतन में लगी भागवन्ती अपने बारे में होती बातचीत को सुन रसोई से बाहर निकलकर कमरे में आ गयी।

"किसी के गुन गाने या ना गाने की बात तो मैं ना जानूँ हूँ जी मगर किसी की बुराई भी ना हो सके है मुझसे...।" दबे स्वर में बोली भागवन्ती—वैसे तो उसका स्वर तब से दबा रहा था, जब से इस घर की बहू बनकर आयी थी।

"हाँ भागवन्ती हाँ—बुरा तो तेरा आदमी बसेसर राम ही है जो जमाने भर की बुराई करता फिरता है...।"

"मैंने ऐसे तो नहीं बोला जी... ।" तड़प-सी उठी भागवन्ती।

"हाँ भागवन्ती—तूने कुछ भी नहीं बोला—मगर तू हमेशा।

"खामोश रहकर भी बहुत कुछ बोलती रही—खैर जाने दो—हाँ नन्हें तू साऊथ एक्सटेंशन वाला पेमेंट लाया कि नहीं... ।"

"रकम तो वसूल हो गयी बापू—मगर आधे तो देनदारी में ही चले गये और आधे दादाजी के कहने पर डाकघर के बचत खाते में जमा करवा दिये... ।" नन्हें डरते-डरते बोला।

"अबे गधे—बिजनेस हम चलाते हैं या तेरे दादा जी—देनदारी बाद में नहीं दी जा सकती थी क्या..."

"माल तो हम ही लाते हैं बापू—देनदारी चुकाएँ नहीं तो आगे उधार कैसे मिलेगा...?" नन्हें ने हिम्मत करके कह ही दिया।

"ठीक है-ठीक है मगर बचत खाता कौन-सा भागा जा रहा था..."

"कल बड़की की शादी भी करनी है जी—चार पैसे पास में होंगे तो काम ही आएँगे... ।" कम्पित हो उठा भागवन्ती का स्वर—बड़की यानि गुणवन्ती की शादी की सोच जो जुड़ गयी थी उसके साथ।

"ये दो-दो चार-चार रुपये जमा करने से बेटियों की शादी नहीं हुआ करती भागवन्ती—हाँ, तेरे बड़ौच वालों का पोस्टकार्ड भी आ गया था कल... ।"

"क्यों—क्या लिखा है जी—उन्हें हमारी बड़की पसन्द तो है ना...?" भागवन्ती की निगाहों में आशा की एक किरण-सी चमकी।

"पसन्द-नापसन्द का सवाल ही कहाँ है भागवन्ती—उन्हें तो लड़की बाद में और पहले दहेज में साढ़े सात हज़ार रुपये नकद चाहिए और अपने पास तो साढ़े सात रुपये भी नहीं हैं—उन्हें देने को—हाँ, तेरी बचत खाते की बुगनी में कुछ हो तो पता नहीं... ।"

पास ही सिर झुकाये बैठी सब सुनती हुई बड़की की निगाहें भरती चली गयीं—वह उठी और सिर झुकाये ही तेज कदमों से साथ वाले कमरे में घुस गयी।

"यह बात बड़की के पीछे भी बता सकते थे आप... ।" दर्द से भरता चला गया भागवन्ती का स्वर—बड़की की तड़प को खूब समझती थी वह।

"अरी भागवन्ती—सच भी छिपाने से छिपता है क्या—अपने को दर्द नहीं होता क्या यह सब कहने से—मगर जब नसीब ही ऐसा हो तो किया भी क्या जा सकता है... ।"

"परेशान मत होइए जी—ईश्वर करेगा तो सब ठीक हो जाएगा... ।"

"हाँ—इसी इन्तजार में तो जिन्दगी कट गयी भागवन्ती—खैर जाने दे—हाँ, तेरे पास

कुछ रुपये होंगे क्या—मन थोड़ा परेशान हो गया है ना—दो घूँट लगा लूँगा तो... ।"

"शराब से मैंने तो किसी को राहत मिलती ना देखी जी—क्यों उतारते हो इतना ज़हर अपने सीने में... ।"

"देख भागवन्ती—मैंने तेरे को पैसे देने को बोला है—लैक्चर तो दिये मत कर... ।"

"कौन अभागिन ऐसी होगी जो चाहेगी कि उसका पति उसी के दिये पैसों से अपनी हलक में ज़हर उँड़ेले... ।" कम्पित स्वर में इतना ही कह सकी भागवन्ती और फिर जाने कब से गालों पर ढुलक आये आँसुओं को धोती के पल्लू से पोंछती हुई रसोई में घुस गयी।

नन्हें और लल्लू तो पहले ही वहाँ से खिसक लिये थे—अब छुटकी भी अपनी किताब उठाकर साथ वाले कमरे की तरफ बढ़ गयी।

सभी जानते थे कि शराब के लिए रुपये ना मिल पाने की वजह से उनके बापू कभी किसी पर झल्लायेंगे तो कभी किसी पर—मगर अब तो अकेले ही रह गये थे—अपनी झल्लाहट खुद पर ही उतारने के लिए।

"सॉरी—वैरी सॉरी डॉक्टर अनीता कपूर—फिलहाल मैं यानि आपके सामने खड़ा बेचारा डॉक्टर अश्वनी आपकी इस माँग को पूरा करने में पूरी तरह से असमर्थ है. ..।" युवा डॉक्टर अश्वनी ने लाचारी से कन्धे उचकाये।

"यानि कि तुम हमसे जूनियर होने के बावजूद हमारी बात मानने से इनकार कर रहे हो... ।" डॉक्टर अनीता कपूर ने अपने सीनियर होने का कृत्रिम रोआब मारा।

"जी हाँ—आपका जूनियर तो हूँ ही—आप कहें तो आपके आदेश का पालन ना करने के जुर्म में कान पकड़कर ऊठक-बैठक लगा सकता हूँ मैं, मगर अभी शादी नहीं कर सकता—और फिर इस बात की परेशानी तो आपको नहीं मुझे होनी चाहिए डॉक्टर अनीता कपूर... ।"

"क्यों—तुम्हें ही क्यों...?" अनीता कपूर ने डॉक्टर अश्वनी के चेहरे पर निगाहें जमाये हुए ही सवाल किया।

"क्योंकि अपने हर लेटर में मेरी भाभी मुझसे एक ही सवाल पूछती हैं—कहीं हॉस्पिटल वाली डॉक्टरनी अनीता से तुम्हारा कोई चक्कर तो नहीं चल रहा—जो हर बार शादी से इनकार कर देते हो... ।"

"शटअप अश्वनी—ऐसी बांत सोचते हुए भी शर्म नहीं आती तुम्हें... ।"

"मुझे तो बहुत आती है मगर शायद मेरी भाभी को नहीं आती—लगता है किसी दिन आप से राखी बँधवाते हुए भी अपनी तस्वीर भेजनी पड़ेगी मुझे... ।"

"नहीं–हमें तुम्हारे करैक्टर पर पहले ही पूरा भरोसा है अश्वनी–हाँ, वैसे तुम शादी ना करने की जिद करके ही क्यों बैठे हो...।" पास ही बैठी हुई डॉक्टर अर्पणा पहली बार बोली।

"मगर अर्पणा जी–मैं भी शादी करने से कब इनकार कर रहा हूँ–मगर वह भी आखिर मेरे सामने आये जिसे मैं सालों से अपने ख्वाबों में तराशता रहा हूँ...।" शायराना हो उठा डॉक्टर अश्वनी का स्वर।

"हूँ–तो ऐसे बोलो ना...।" अपनी कुर्सी को अश्वनी की कुर्सी के पास खिसका लिया डॉक्टर अनीता ने–"हाँ तो कौन है वह हसीना–हमें बताओ–हम उसे खुद ही तुम्हारे सामने ला खड़ा कर देंगे...।"

"मुझे भी क्या पता–ना जाने कौन है वह–ना जाने कहाँ रहती है–मैंने तो उसे कभी देखा भी नहीं...।"

"क्या...?" डॉक्टर अनीता और अर्पणा दोनों ही चौंक पड़ीं।

"जी हाँ–मगर इतना यकीन है–वह जब भी–जहाँ भी मिलेगी–उसे फौरन पहचान लूँगा–पहली ही निगाह में जान जाऊँगा कि ये वही है–वही है–वही है...।"

"वही...?" बड़बड़ायी-सी थी अर्पणा।

"जी हाँ, वही–जिसका मैं हमेशा इन्तजार करता रहा...।"

खोया हुआ था अश्वनी का स्वर–मगर तुरन्त ही अपने आपको सँभाल लिया उसने–"अच्छा मैं ज़रा वार्ड का एक राउंड लगा लूँ...।" उठ खड़ा हुआ वह और वह किसी से कुछ कहे सुने बिना ही एप्रीन को कन्धे पर डाले हुए ही केबिन से बाहर निकल गया। डॉक्टर अनीता और अर्पणा कुछ समय तक तो एक दूसरे की तरफ हैरत से देखती रहीं और फिर स्वयं ही हँस पड़ीं।

अजीब-सा दीवानापन था डॉक्टर अश्वनी का।

अजीब-सा दीवानापन था नन्हें यानि चन्द्रप्रकाश के अन्दर–सुबह से ही काम में जुड़ा हुआ था–इधर-उधर की भाग-दौड़ में अपना होश तक नहीं था उसे।

वैसे इस भागदौड़ का एक विशेष कारण भी था–बड़की को देखने के लिए कुछ लोग आ रहे थे और इसीलिए बेचारा नन्हें अपने घर का हुलिया सँवारने के प्रयास में कहीं से सोफा तो कहीं से टी.वी. तो कहीं से कुछ ले आया था–इधर-उधर से जोड़-तोड़ करके अपना काम निकाल लेने में माहिर था वह।

आज फिर बड़की का शृंगार किया गया–वह खूबसूरत से खूबसूरत नज़र आये इसके लिए भरपूर प्रयास किया गया–मँझली और छुटकी ने अपनी तरफ से तो कोई कसर रहने नहीं दी–ऊपर से उसकी दादी ने उसे बड़े अन्दाज से उठने-बैठने, बोलने के अन्दाज़ सिखा दिये।

मगर लड़के के पिता को बड़की में दिलचस्पी ही कहाँ थी—उन्हें तो दिलचस्पी थी मतलब की बात में—तभी तो वह और उनका बेटा राम किशोर जैसे ही घर में आकर बैठे वैसे ही उन्हें जल्दी होने लगी।

"हाँ तो बसेसर राम जी—आपके घर तो आ ही गये हम—अब मतलब की बात हो जाए... ।"

"मतलब की बात भी हो ही जाएगी—पहले कुछ लीजिए तो आप... ।"

और बसेसर राम की बात पूरी होने से पहले ही नन्हें बोल उठा।

"टी—कॉफी और सॉफ्ट ड्रिंक..."

"तुम्हारे पास ठंडी बोतल भी तो होगी भाई...?" स्वर लड़के के पिता का था—लड़का राम किशोर तो खामोश ही बैठा हुआ था—इधर-उधर ताक-झाँक करते हुए।

"कोला-ऑरेंज या लाइम—लेमन... ।"

"कोला, बम्ब भोला जो भी हो वही ले आओ... ।" नन्हें की अंग्रेजी से ही घबरा गये लड़के के पिता—"ये आपका बेटा अंग्रेजी ही झाड़ता है बसेसर जी—या कुछ करता भी है..."

"अभी तो पढ़ता है—वैसे मेरे फ्रेम बनाने के धन्धे में भी पूरा हाथ बँटाता है... ।"

"और मेरे बड़े ब्रदर एल.प्रसाद आई.ए.एस में बैठ रहे हैं... ।" नन्हें ने अपने लल्लू भैया यानि ललित प्रसाद की धाक जमानी चाही।

"जब आ जाए तब बताना बरखुद्दार—बैठने का क्या है—जहाँ मर्जी बैठ लो—जितनी बार बैठ लो... ।"

"नन्हें भाई अब तू कुछ लायेगा भी या...?"

"जस्ट ए मिनट डैड... ।"

और नन्हें के जाते ही बसेसर राम ने अपनी उत्सुकता शान्त करनी चाही।

"तुम क्या करते हो बेटे...?" राम किशोर के चेहरे पर निगाहें जमायी बसेसर राम ने।

"मैं रोज दिल्ली-बम्बे चलता हूँ जी—डीलक्स पर... ।" डीलक्स पर अधिक जोर डाला राम किशोर ने।

"कुछ कहलाते भी तो होंगे बेटे...?"

"कहलाता तो ये राम किशोर ही है जी—घर पर भी और बाहर भी—ज्यादा पूछताछ करनी है तो रेलवे वालों से कर लो... ।"

"नहीं जी—पूछताछ क्या करनी है—मैं तो ऐसे ही बात कर रहा था... ।" राम किशोर के पिता का रुख देखकर तुरन्त ही बात बदल दी बसेसर राम ने—लड़की

के पिता होने का अहसास था उनके अन्दर।

नन्हें साफ्ट ड्रिंक ले आया था—राम किशोर के पिता के शब्दों में ठंडी बोतलें।

और फिर राम किशोर के पिता बड़की से ज्यादा मतलब की बात में उत्सुक नज़र आते थे—लड़की देखने की चाह तो राम किशोर में थी—खुद अंग्रेजी ना जानते हुए भी बड़की से टूटी-फूटी अंग्रेजी में दो-चार उलटे-सीधे सवाल किये उसने—वह सवाल जिनका उत्तर वह स्वयं भी नहीं जानता था।

और फिर बसेसर राम जी राम किशोर और उसके पिता के साथ मतलब की बात का मसला निपटाने के लिए अपने पड़ोसी रोशनलाल जी के घर चले गये थे।

बसेसर राम जी गये तो बात पक्की करने थे—जेब में इक्यावन रुपये भी लेकर गये थे जिससे कि लड़का रोक सकें—वैसे यह रुपये भी नन्हें और लल्लू के दादाजी ने ही दिये थे बसेसर राम को—मगर बसेसर राम जब काफी समय के बाद घर लौटे तो हाथ में मिठाई का डिब्बा नहीं था—बल्कि चाल और हाव-भाव में दारू की लड़खड़ाहट थी।

और उनकी लड़खड़ाहट ने यह बात खुद ही स्पष्ट कर दी कि बड़की की किस्मत का सितारा आज भी नहीं चमका।

कुछ पूछने की जरूरत भी क्या थी और फिर कुछ कहने लायक थे भी कहाँ बसेसर राम।

"हूँ—तो तुम्हारे घरवालों को इस बात में ऐतराज है—कि तुम हमसे यानि प्रीतम उस्ताद से गीत संगीत सीखना चाहती हो...?" प्रीतम उस्ताद की निगाहें एकटक मँझली के चेहरे पर जमीं रहीं।

"ऐतराज है नहीं मगर होगा—क्योंकि अभी तो उन्हें इस बात का पता नहीं कि मैं आपके पास आयी हूँ...।" मँझली घबराये हुए स्वर में बोली।

"क्यों होगा भाई—गायन तो एक कला है और यह कला—यह प्रतिभा हर एक के पास नहीं हजारों लाखों में से एकाध के पास होती है—और यह तुम्हारी खुशकिस्मती है कि यह प्रतिभा तुम्हारे अन्दर भी है—और तुम्हारी इस प्रतिभा को उभारकर तुम्हें कुन्दन की तरह तराश देंगे—देख लेना एक दिन देश के कोने-कोने में तुम्हारा—सिर्फ तुम्हारा ही नाम होगा—हाँ, क्या नाम बताया तुमने अपना...।"

"जी—मँझली...?" प्रीतम उस्ताद ने आश्चर्य से मँझली की तरफ देखा—प्रश्न-वाचक निगाहों से।

"जी मेरा मतलब—रूपवन्ती। मँझली मेरा घर का नाम है...।" मँझली ने तुरन्त

भूल सुधारी।

"मगर रूपवन्ती भी तो बड़ा अजीब-सा नाम है, खैर कोई बात नहीं—स्टेज की दुनिया में हम तुम्हारा नाम रूपा रखते हैं, मिस रूपा—और रूपा तुम देख लेना—हमारी शागिर्दी में तुम तहलका मचा दोगी—तहलका...।"

"मगर मेरे परिवार वाले...।" अभी भी हिचक रही थी मँझली—जानती थी कि घर में किसी को भी यह बात पसन्द नहीं है कि वह प्रीतम उस्ताद के पास जाए—इस बात पर तो डाँट भी पड़ चुकी थी उसे।

"अरे प्रीतम उस्ताद के होते हुए तुम्हें चिन्ता ही किस बात की है—हम राजी कर लेंगे तुम्हारे घरवालों को—ऐसी प्रतिभा हम इस तरह नष्ट थोड़े ही होने देंगे हम...।"

"क्या...क्या मैं वास्तव में ही अच्छा गाती हूँ प्रीतम उस्ताद...?" पुलक-सी उठी मँझली।

"अच्छा...। तुम बहुत अच्छा गाती हो रूपा—तुम पैदा ही कला के लिए हुई हो—मेरे पास तो ऐसी-ऐसी लड़कियाँ आयीं जो तुम्हारी धूल के बराबर भी नहीं थीं—और आज उनमें से कोई कहाँ हैं—कोई कहाँ—देख लेना रूपा—एक दिन तुम भी चाँद-सितारों से बातें करोगी, पता नहीं उस दिन अपने इस प्रीतम उस्ताद को याद करोगी भी या नहीं...।"

"नहीं-नहीं आप कैसी बात कर रहे हैं प्रीतम उस्ताद...।" मँझली इस तरह बोली जैसे अभी ही चाँद सितारों से बातें करने लगी हो वह।

"ठीक है—तब फिर एक बार सुनाओ वह गीत—वही जो अभी सुना रही थी तुम।"

और मँझली प्रीतम उस्ताद के आदेश को मानकर गाने लगी थी—यन्त्रवत।

"आपको प्यार है कि नहीं है मुझसे
जाने क्यों ऐसे सवालात पे दिल तोड़ दिया...।"

और प्रीतम उस्ताद लोलुप निगाहों से मँझली की तरफ देखते हुए व्यर्थ की झूठी वाह-वाह करने लगे थे। मँझली का भरा हुआ जिस्म उनकी निगाहों में आ बसा था।

कितनी अनजान थी मँझली—या फिर जानते-समझते हुए भी अनजान बन रही थी।

रज्जो का पूरी तरह से चेकअप करने के बाद बाहर अपने केबिन में आ गयी डॉक्टर अर्पणा सिन्हा—यहाँ रज्जो का पति राम अंजोर बैठा हुआ बड़ी बेचैनी से उनकी प्रतीक्षा कर रहा था।

उन्हें देखते ही झटके से उठ खड़ा हुआ वह।

"नहीं—अभी कोई खास बात नहीं है राम अंजोर जी—अभी आप अपनी पत्नी को घर ले जा सकते हैं—वैसे आपकी पत्नी की सेहत अच्छी नहीं है—ऐसी हालत में औरत के लिए बच्चे को जन्म देना खतरे से खाली नहीं होता—वैसे ये कौन-सा केस है आपका...?"

"चौथी बार घर में मेहमान आने वाला है डॉक्टरनी साहिबा।"

"हूँ—यानि तीन मेहमान पहले भी आपके घर में मौजूद हैं...?" अर्पणा का स्वर गम्भीर हो उठा।

"हाँ, डाक्टरनी साहिबा—और तीनों ही सुसरी लड़कियाँ हैं।"

"और इस बार लड़का चाहते हो तुम...?" व्यंग्य भरा था डॉक्टर अर्पणा सिन्हा का स्वर।

"हाँ, डॉक्टरनी साहिबा—लड़का हो जाए तो भाग बदल जाए हमारा...।" जीते जागते ही जैसे ख्वाब देख उठा राम अंजोर।

"और अगर इस बार लड़की ही हुई तो...?"

"नहीं-नहीं—ऐसी बात मत कहिए डॉक्टरनी साहिब—हम तो बर्बाद ही हो जाएँगे...।"

"और अगर लड़का भी हो गया—तब भी आबाद नहीं हो पाएँगे आप? आपका हुलिया और आपकी बीवी की गिरी हुई सेहत आपके घर की कहानी बता रही है मिस्टर राम अंजोर...।"

"डॉक्टरनी साहिब आप..."

"खैर जाने दीजिए—जो होना था—वह तो हो ही चुका—अब तो सँभल जाइए आप—इस बार लड़का हो या लड़की—आगे चांस मत लीजिएगा—हमारी सलाह मानिए तो फौरन नसबन्दी करवा डालिए...।"

"नसबन्दी...।" बौखला-सा उठा राम अंजोर—"ये आप कैसी बात कर रही हैं डॉक्टरनी साहिबा...।"

"हम बिलकुल ठीक कह रहे हैं राम अंजोर जी—लड़का—सिर्फ एक लड़का की चाह रखते हुए या तो आप अपनी पत्नी को खो बैठेंगे—या फिर अपने परिवार की सारी खुशियाँ...।" डॉक्टर अर्पणा सिन्हा का अन्दाज समझाने वाला था।

"डॉक्टरनी जी ठीक ही तो कहती हैं—आप करवा ही क्यों नहीं लेते नसबन्दी...।" रज्जो पहली बार बोली—सहमे स्वर में।

"लो तू भी आ गयी ना डॉक्टरनी जी की बातों में ना। डॉक्टरनी जी राम अंजोर को तो रज्जो से लड़का चाहिए—लड़का—आप डॉक्टर लोग तो जब देखो नसबन्दी का ही गाना गाये रखते हो—वैसे अगर आप बुरा ना मानें तो एक बात पूछ ही लें हम...।"

"हाँ-हाँ पूछिए... ।" डॉक्टर अर्पणा ने अपने आप पर पूरी तरह से काबू पाये रखा।

"दूसरों को तो आप रोज ही नसबन्दी की सलाह देती होंगी—क्या आपके पति या आपने भी करवायी है अपनी नसबन्दी...?"

राम अंजोर से इस सवाल की उम्मीद नहीं थी डॉक्टर अर्पणा को—ना जाने क्यों चेहरा एकदम उतरता चला गया—सन्नाटे की-सी हालत में वहीं बैठी रह गयीं वह।

"बोलिए—बोलिए ना डॉक्टरनी जी... । शायद मेरी बात का कोई जवाब नहीं है आपके पास... ।"

"नहीं राम अंजोर जी—जवाब है हमारे पास... ।" चेहरे को झटके से उठाया डॉक्टर अर्पणा सिन्हा ने—"हमें नसबन्दी की जरूरत ही नहीं—हमारे बच्चा नहीं होता... ।" कहते हुए आहत होता चला गया उनका स्वर—दिल तो पहले ही आहत हो चुका था।

राम अंजोर और रज्जो दोनों अवाक से डॉक्टर अर्पणा की तरफ देखते रह गये—अर्पणा की तड़प का अहसास स्पष्ट रूप से हो चुका था।

और इसके बाद राम अंजोर वहाँ नहीं रुक सका था—फिर आने की बात कहकर रज्जो के साथ वहाँ से खिसक-सा लिया था।

गले में स्टैथोस्कोप लटकाये हुए डॉक्टर अर्पणा अकेली वहीं बैठी रह गयी थीं—अपने दिल का दर्द स्वयं ही सहने के लिए।

मगर अधिक क्षण नहीं गुजरे थे—दरवाजे से अन्दर केबिन में आती एक सीधी-साधी चौदह पन्द्रह साल की लड़की को अन्दर आते देख उनकी तन्द्रा भंग हुई।

कुछ बोली नहीं थी वह—खामोशी से उस लड़की की तरफ देखती रही थी—प्रश्न वाचक मुद्रा में।

"डाक्टरनी जी—मेरी दीदी आपके हॉस्पिटल में भरती होने आयी थीं—वो क्या है—नन्हा मेहमान आने वाला है ना—मेहमान नम्बर चार—इसीलिए... ।"

"तुम्हारी दीदी...?"

"जी हाँ—साथ में जीजा जी भी थे—मैं उन्हें ही मिलने आयी हूँ—राम अंजोर है मेरे जीजा जी का नाम... ।"

"और दीदी का नाम रज्जो...?" बरबस ही मुस्करा उठी डॉक्टर अर्पणा सिन्हा—यह लड़की पहली ही निगाह में बहुत अच्छी लगी थी उन्हें।

"जी हाँ—चलो ये समस्या तो हल हो गयी—मैं तो सोच रही थी कि जीजा जी दीदी को कहीं और ना ले गये हों... ।"

"नहीं—आये तो यहीं थे—मगर अब तुम्हें उनसे मिलने के लिए उनके घर ही जाना पड़ेगा, क्योंकि तुम्हारे जीजा जी तुम्हारी दीदी को घर ही ले गये हैं—अभी तुम्हारी रज्जो दीदी को हॉस्पिटल में एडमिट करने की जरूरत नहीं थी ना...?"

"ओह...। अच्छा मुझे एक सवाल आपसे पूछना है—डाक्टरनी जी...।"

"तुम्हारा नाम...?"

"छुटकी...। घर पर सब छुटकी ही कहते है,—वैसे स्कूल का नाम प्रीति है—हाँ तो मेरा सवाल...?"

"देखो छुटकी—इस वक्त कोई सवाल ना ही करो तो अच्छा है—इस वक्त हमारे सिर में बहुत जोर का दर्द है...।"

"ओह—हाँ, अगर बुरा ना मानें तो सिर दर्द दूर भगाने का एक उपाय हम आप को बता दें—घर जाकर अपनी बेटी से कहिएगा कि वह आपके बालों की जड़ों में अपनी अँगुलियों से तेल की मालिश करे—आपका सिरदर्द ठीक उसी तरह छूमन्तर हो जाएगा—जिस तरह मैं यानि छुटकी आपकी निगाहों के सामने छूमन्तर हो रही है—गुड बाय डॉक्टरनी साहिबा...?"

और फिर छुटकी वास्तव में ही आँखों से ओझल हो गयी।

"डॉक्टर अर्पणा सिन्हा एक बार अकेली रह गयी थी मगर अब उनकी आँखों के सामने छुटकी का चेहरा और कानों में छुटकी की ही बातें गूँज रही थीं।"

छुटकी की भोली-भाली बातें...।

"ऐ—देख मँझली—मैंने तुझे मना किया था कि ना उस प्रीतम उस्ताद के पास जाने को...।" नन्हें का स्वर गुस्से से भरा हुआ था।

"और आई एम—यानि कि मिस्टर एल. प्रसाद ने भी तो मना करा था इसे कि देख मँझली—लड़कियाँ घर में ही अच्छी लगती हैं—और फिर वह बदमाश प्रीतम उस्ताद तो...।"

"डीयर ब्रदर एल. प्रसाद—प्रीतम जी उस्ताद हैं—बदमाश नहीं...।" झल्ला उठी मँझली—प्रीतम उस्ताद के पास जाने के मसले को लेकर सभी तो उसके पीछे पड़े हुए थे।

"देख मँझली—चाहे वह प्रीतम उस्ताद हो, चाहे बदमाश—तुझे आगे से उसके पास जाने की जरूरत नहीं है...।" नन्हें का अन्दाज़ समझाने वाला था।

"मगर मुझे प्रीतम उस्ताद के पास जाने की जरूरत है—क्योंकि मैं गाना सीखना चाहती हूँ...।'

"हाँ जी लता मंगेशकर को तो तू ही न वो क्या कहते हैं 'बीट' करेगी...।" लल्लू ने व्यंग्य किया।

"हाँ करूँगी–आपको क्या...?"

"देख मँझली–जब कोई भी नहीं चाहता तो क्या जरूरत है तुझे उस प्रीतम उस्ताद के पास जाने की–और फिर वह प्रीतम उस्ताद अच्छा आदमी भी नहीं बतावे हैं।" भागवन्ती पहली बार बोली–मँझली की माँ भागवन्ती।

"मुझे प्रीतम उस्ताद की अच्छाई-बुराई से क्या लेना माँ–मुझे तो गीत-संगीत से मतलब है और फिर बापू ने भी मुझे प्रीतम उस्ताद के पास जाने की इज़ाज़त दे दी है...।"

"बापू ने...?" नन्हें और लल्लू दोनों एक साथ बोल उठे–चकित से स्वर में।

"हाँ, हमने दी इज़ाज़त...।"

और इस नवीन स्वर के साथ ही सबने ही चेहरा घुमाया–बसेसर राम ही थे–दरवाजे पर खड़े–चौखट पर हाथ जमाये हुए स्वर और निगाहें अभी भी नशे में डूबी हुई थीं।

बसेसर राम को देखते ही हर उठता हुआ स्वर खामोश हो गया–भागवन्ती ही बोली थी–दबे स्वर में। "मँझली का प्रीतम उस्ताद के पास जाना किसी को भी पसन्द नहीं है जी–वह अच्छा आदमी नहीं है–सब यही बताते हैं...।"

"क्यों भाई–क्या बुराई है प्रीतम उस्ताद में–अरे वह तो एकदम फर्स्ट क्लास आदमी है–एकदम खरा और फिर सबसे बड़ी बात तो यह है कि हमारे उसके उस्ताद भी एक ही हैं–बेचारा खुद ही हमसे आकर मिला–बोला कि मँझली तो अपनी बेटी जैसी है–कोयल-सा गला पाया है–दिल में कुछ सीखने की तमन्ना है–मगर आपकी इज़ाज़त के बिना तो कुछ भी सम्भव नहीं–और हमने दे दी इज़ाज़त–और देख मँझली–तू भी कोई ऐसा-वैसा काम मत कर बैठना जिससे इन सबके सामने मेरा सिर शर्म से नीचा हो जाए।...।"

"नहीं बापू...।" मँझली का स्वर खुशी से खिल उठा था।

"बापू आप प्रीतम उस्ताद को नहीं जानते। वह...।"

"देख नन्हें तू ज्यादा दिमाग तो खा मत–अरे मैं तेरा बाप हूँ या तू मेरा...।"

और अब नन्हें भी खामोश था–लल्लू तो पहले ही अपना मुँह बन्द कर चुका था।

"प्रीतम उस्ताद बहुत अच्छा आदमी है भागवन्ती–मँझली को अपनी बेटी की तरह मानता है–अरे यार है अपना–ये इंगलिश दारू भी उसी ने पिलायी–साथ में टिक्का कबाब भी।"

"और इस वक्त आप नहीं यह इंगलिश दारू ही बोल रही है...।" भागवन्ती

और नन्हें दोनों ने यही बात सोची थी मगर खामोश ही रहे थे।

कुछ कहने का लाभ था भी क्या...।

"अर्पणा तुम...।"

"बस रहने दो सुधीर...हम जानते हैं–तुम हमेशा की तरह आज भी हमें बहलाने की कोशिश करोगे...।" तड़प-सी उठी थी अर्पणा। अपने प्रोफेसर पति सुधीर सिन्हा के स्वभाव को अच्छी तरह से जानती थी वह।

"ऐसी बात नहीं है अर्पणा कि तुम्हारे दर्द को समझते नहीं हैं–और फिर यही दर्द क्या हमारे अन्दर नहीं है...?"

"मगर...।"

"मगर अर्पणा...इनसान की हर चाहत तो पूरी नहीं होती ना...।" अपनापन था सुधीर सिन्हा के स्वर में।

"हाँ, जानती हूँ सुधीर–इनसान की हर चाहत पूरी नहीं होती–मगर हमारी तो सिर्फ एक ही चाहत है–सिर्फ एक बच्चे की चाहत–चाहे लड़का हो–चाहे लड़की...।"

"आप खुद डॉक्टर हैं अर्पणा–अपने केस की प्राब्लम को आप खुद समझती हैं–और फिर अर्पणा–हमने तो आपको बहुत समझाया कि कोई बच्चा गोद ले लेते हैं–अनाथालय से ना सही–अपने रिश्तेदारों में से ही किसी से...।"

"हमें अपना बच्चा चाहिए सुधीर–अपना बच्चा–हमारा और आपका बच्चा...।" जमाने भर का दर्द सिमट आया था अर्पणा के स्वर में–आँखें अनायास ही छलछला उठी थीं।

"अर्पणा...अर्पणा आप...। आप तो कभी-कभी बहुत बचपना करती हैं अर्पणा...।"

"आप जानते हैं सुधीर–आज हमारे हॉस्पिटल में एक लड़की आयी–छोटी नन्हीं गुड़िया तो नहीं मगर हमें बिल्कुल वैसी ही लगी वह–अपने ख्वाबों की बेटी-सी–उस वक्त भी हमारे सिर में बहुत जोर से दर्द हो रहा था सुधीर और वह हमसे बोली–डॉक्टरनी जी आप घर जाकर अपनी बेटी से कहिएगा कि वह आपके बालों की जड़ों में नर्म-नर्म उँगलियों से तेल की मालिश करे, आपका दर्द खुद ब खुद दूर हो जाएगा...।"

"अर्पणा आप....।"

"हम अपने सिर में उन नन्हें-नन्हें हाथों से तेल की मालिश करवाने के लिए तरस रहे हैं सुधीर–बोलिए कहाँ से आयेंगे हमारे लिए वह नन्हें-नन्हें हाथ–कहाँ

से लाए हम अपनी बेटी...?"

"अगर आपको अच्छा लगे तो आज हम ही आपकी बेटी बन जाएँ...।"

और अर्पणा खामोशी से सुधीर की तरफ देखती रह गयी—एक टक।

"देखो—इस बार क्या होता है अपनी रज्जो जीजी के घर...?" स्वर मँझली का था।

"भगवान करे—इस बार लड़का ही हो...।" छुटकी ने जैसे शुभकामना व्यक्त की।

"हाँ—वरना जल्दी ही एक और नये मेहमान का नम्बर लग जाएगा—जीजा जी को लड़का चाहिए—लड़का—और एक लड़के के चक्कर में ना जाने कितनी लड़कियों की लाइन लगाना चाहते हैं वह...।" बड़की खिन्न स्वर में बोली—रज्जो की हमउम्र होने के कारण उसकी विवशता को अच्छी तरह से समझ सकती थी वह।

"हाँ—इस मामले में हमारे रंजन जीजा जी एकदम उल्टे हैं—वह तो लाइन लगाने की बात दूर—एक का भी नाम नहीं लेते—उन्हें और अपनी लाजो दीदी को तो अकेले रहने में ही मज़ा आता है...।"

"नहीं छुटकी—बच्चे की चाह हर मियाँ-बीवी को होती है—मगर समझदारी से काम ले रहे हैं—जब वह यह चाहेंगे कि वह नन्हें मेहमान की जिम्मेदारी को पूरी तरह से सँभाल सकते हैं—तब उनके घर में नन्हा मेहमान भी आ जाएगा...।" बड़की छुटकी को समझाने वाले अन्दाज में बोली।

"हाँ—वह समझदारी से काम ले रहे हैं—इसलिए तो इतने सुखी हैं...।" काम करते हुए बोली थी भागवन्ती।

"डीयर जीजा जी और लाजो दीदी समझदारी से काम ले रहे हैं या नहीं—ये तो वही जानें—मगर इस वक्त उनकी याद दिलाने के लिए आप सबका बहुत-बहुत शुक्रिया...।" कहते हुए नन्हें चारपाई से उछलकर खड़ा हो गया।

"ऐ नन्हें—तू कहाँ जाने के लिए तैयार होने लगा...?" मँझली ने उसकी तरफ आश्चर्य से देखते हुए पूछा।

"बड़े बुजुर्ग कहते हैं ना—बोलते हुए को टोका नहीं जाता—जाते हुए को रोका नहीं जाता...।"

"मगर नन्हें—यार मैं रोक नहीं, टोक रही हूँ...।"

"रोकना और टोकना दोनों एक ही बात है मँझली—वैसे अपनी फिलासफी आराम से तेरे दिमाग में नहीं पड़ेगी, क्योंकि तेरे मोटापे की तरह तेरी बुद्धि भी बहुत मोटी है...।"

"हाँ तू तो जैसे सुपर स्टार है ना...।" चिढ़-सी गयी मँझली।

"बिल्कुल–अपुन तो सुपर स्टार को भी बीट करते हैं। तभी तो शहर भर की कन्याएँ अपनी दीवानी नज़र आती हैं...।"

"शटअप नन्हें–शर्म नहीं आती–ऐसी बात करते हुए...।"

"आती है मोटी बहन–बरोबर आती है–तभी तो शर्म से पानी-पानी होकर हम यहाँ से खिसक रहे हैं–लाजो दीदी के घर–और हाँ मम्मी डार्लिंग–नन्हें बॉस डिनर जीजा और जीजी के साथ ही लेंगे–ओ.के. गुडबाय...।"

और नन्हें घर से बाहर निकल गया।

"ऐ–ये तो गड़बड़ वाली बात है मिस लाजो...।"

"क्यों क्या हुआ रंजन...?" लाजो ने मुस्कराते हुए रंजन की तरफ देखते हुए कृत्रिम आश्चर्य व्यक्त किया।

"मैंने तो सोचा था कि आज तुमसे जल्दी घर आकर तुम्हें सरप्राइज दूँगा–मगर तुम तो आज भी बाजी मार ले गयी–आज भी मुझसे पहले ही घर आ गयी तुम...।"

"हाँ–आपको अपनी शादी की मुबारकबाद देनी थी ना...।" लाजो अदा से मुस्करायी।

"और तुम्हें भी लाजो डार्लिंग–सच तुम मेरी जिन्दगी में क्या आयी–तुमने तो मेरी जिन्दगी ही बदल दी...।"

"ऐसा...।" लाजो ने शोखी से रंजन की तरफ देखा–निगाहों में जमाने भर का प्यार समेटे हुए।

"हाँ लाजो–अपने गुजरे हुए दिनों की सोचता हूँ तो–सोचता हूँ–कितना अन्तर है कल और आज में–कल अनाथाश्रम में पला-बढ़ा अनाथ रंजन आज कितना आगे बढ़ आया है–और यह सब तुम्हारे ही कारण है लाजो...।"

"लाजो के लिए तो रंजन ही सब कुछ है–तुम्हारे बिना लाजो भी क्या है–हम दोनों ही एक दूसरे के बिना अधूरे हैं...।"

"हाँ लाजो–एक दूसरे के बिना दोनों ही अपूर्ण...।" भावनाओं में बह उठी थी लाजो।

"और आप दोनों हमेशा पूर्ण रहें इसी शुभकामना के साथ नन्हें आपकी सेवा में हाजिर है...।"

रंजन और लाजो दोनों चौंककर मुड़े।

आगुन्तक नन्हें ही था।

"आओ साले साहब आओ–बस तुम्हारा ही इन्तजार था...।"

"हाँ–मुझे भी पूरा यकीन था कि नन्हें हर साल की तरह इस बार भी हमें मुबारकबाद देने जरूर आएगा...।"

"और हर साल की तरह इस बार भी हमारे साथ ही डिनर लेगा...।" नन्हें ने अपनी तरफ से ही लाजो की अधूरी बात को पूरा कर दिया।

और नन्हें की हर हरकत पर रंजन और लाजो दोनों ही हँस पड़े—नन्हें तो सभी का प्यारा था।

"तो चलो प्यारे साले—आज का डिनर तुम्हारे साथ ही सही...।"

"मगर मैं घर पर कुछ बनाने वाली नहीं...।"

"डोंट फिकर—चिन्ता नाट—डीयर जीजा जी—जेब खाली करिए—फाइव स्टार होटल का शानदार भोजन स्वीट डिश के साथ आपकी डायनिंग टेबल पर हाज़िर हो जाएगा...।"

"ऐ नन्हें—शर्म नहीं आती—आज भी जीजा जी से ही पैसे लेगा...।"

"शर्म करने वालों के कर्म फूटने का डर रहता है—वैसे चिन्ता की कोई बात नहीं—अपुन की जेब में भी हमेशा लाखों-करोड़ों ही भरे रहते हैं—हाँ तो जीजा जी एंड जीजी जी—आज का फाइव स्टार ढाबे का डिनर नन्हें की तरफ से—बाई दी वे—आपका स्कूटर कहाँ हैं जीजा जी...?"

"फिलहाल तो स्कूटर के स्थान पर सिर्फ हैलमेट ही है साले साहब...।"

"ओ.के. हैलमेट ही चलेगा—लाइए...।"

"ऐ—खाली हैलमेट का क्या करेगा नन्हें...?" हैरत से भरा स्वर था लाजो का।

"नन्हें बॉस के लिए किसी चीज़ की कमी नहीं—यहाँ से हैलमेट वहाँ से मोबाइक—और ना जाने कहाँ से पचास या सौ रुपये—दुनिया की सबसे बड़ी आर्ट है—जुगाड़ और नन्हें जुगाड़ की आर्ट जानता है डीयर सिस्टर—इसीलिए तो शहर की सारी स्वीट सिक्सटीन नन्हें के नाम की माला जपा करती हैं।"

"ज्यादा बकवास मत किया कर नन्हें—किसी दिन पिट कर चला आएगा...।"

"नहीं दीदी—ऐसा कहिए कि किसी को साथ लेकर चला आएगा—कहिए तो आज ही डिनर पर ले आऊँ किसी नाजनीन—शोख-चंचल-हसीना को...।"

"खबरदार जो ऐसी हरकत की...।"

"अब आप यहाँ खड़े-खड़े अपनी स्मार्टनेस के झंडे ही गाड़ते रहेंगे साले साहब या...?"

"नन्हें जा रहा है जीजा जी—जा रहा है—जा रहा है...।"

और नन्हें के जाते ही रंजन और लाजो दोनों ही हँस पड़े थे, नन्हें की बातें ही ऐसी थीं।

मेन रोड के किनारे आइसक्रीम और कोल्ड ड्रिंक के एक खूबसूरत खोके के सामने खड़ी सॉफ्ट ड्रिंक पी रही लड़की को देख नन्हें के पैर स्वयं ही मोटरसाइकिल की ब्रेक पर दबते चले गये।

निस्सन्देह काफी खूबसूरत थी वह, गज़ब का आकर्षण था उसके चेहरे पर—पूरी तरह से आधुनिक कटे हुए कन्धों पर झूलते हुए बाल—जीन्स की टाइट पैंट के ऊपर सफेद शर्ट—वैसे उसके ऊपर तो कोई भी पोशाक जँच सकती थी।

अपने आपको रोक नहीं सका नन्हें—मोटरसाइकिल को सड़क किनारे खड़ा कर वहीं जा पहुँचा—बातचीत प्रारम्भ करने के रास्ते तो जानता ही था वह।

"हैलो मिस—ये बॉल पेन शायद आपका ही है...?"

मुड़ी थी वह—पहली बार नन्हें को देखा था—खामोशी से।

"ये बॉलपेन...?"

बोली नहीं थी वह—खामोशी से ही इनकार की मुद्रा में सिर हिला दिया था।

"ओह—मैं समझा कि आपका ही होगा—हाँ, एक गिलास पानी होगा भाया जी...?" नन्हें स्टाल वाले की तरफ मुड़ा था।

"कोल्ड ड्रिंक मिल सकता है बादशाहो..।"

"नहीं—कोल्ड ड्रिंक तो फॉरेन में इतना पीया कि मन ही भर गया—बस पानी ही याद आता रहा—अपने देश का पानी।" कहते हुए नन्हें ने फुर्ती से आइस बाक्स से पानी की एक बोतल निकाल ली और फिर दुकानदार की बौखलाहट की परवाह किये बिना एक साँस में ही बोतल को आधा खाली कर दिया।

नन्हें की हरकत देखकर वह भी मुस्कराये बिना नहीं रह सकी—वह अनामिका।

और उसकी इसी मुस्कराहट से बल मिला नन्हें को।

"आपका नाम क्या है मिस...?" अपने चिरपरिचित अन्दाज से ही पूछा उसने।

मगर अभी भी खामोश ही रही वह अनामिका।

"लगता है आपको बोलना ही नहीं आता...।"

"हाँ, अभी सीख रही हूँ...।" पहली बार बोली थी वह।

"चलिए आप बोलीं तो सही—हाँ तो आपका नाम...?"

"चमेली...।"

"वाह क्या खूबसूरत नाम है—महकता-महकाता नाम...रोम-रोम सुगन्धित हो उठा...।"

खामोशी से मुस्कराती रही वह—पूर्ववत्।

"हाँ, अगर आप अपने नाम के साथ अपना धाम भी बता दें तो...।"

"तो...?"

"तो आपको उधर ही ड्राप कर दूँगा...।"

"नहीं आप भला मुझ जैसी मामूली लड़की को क्यों ड्राप करने लगे मिस्टर...।"

"नन्हें...।" अपुन को दुनिया नन्हें के नाम से जानती है—पहचानती है—मानती है...।"

"मैं तो कालका जी के एल.आई.जी. फ्लैट में रहती हूँ...।" झिझकता हुआ स्वर था उसका।

"तो अपुन कौन-सा एम.आई.जी. में रहते हैं मिस...अपनी जोड़ी खूब जमेगी—आइए आपको ड्राप कर दूँ मैं...।"

"आप को तकलीफ होगी मिस्टर नन्हें...।"

"ओ डोंट फिकर—चिन्ता नॉट मिस—इसमें भला तकलीफ कैसी—वो तो अगर आप कहें तो मैं आपको शानदार डिनर भी खिला दूँ—फाइव स्टार होटल में—कैंडिल लाइट में...।"

"ठीक है—आइ...।" कहते हुए उसने नन्हें के साथ-साथ ही कदम उठा दिये।

और चलते-चलते एकाएक अप्रत्याशित रूप से रुकी वह और सड़क के किनारे खड़ी एक विदेशी कार में जा बैठी।

नन्हें हकाबका-सा रह गया।

"आइए मिस्टर नन्हें मैं आपको आपकी खटारा मोटरसाइकिल समेत अपनी कार की डिक्की में लिफ्ट दे दूँ—आपको फाइव स्टार क्या सेवन स्टार होटल में डिनर करवा दूँगी मिस्टर स्ट्रीट रोमियो—बशर्ते आप मेरे हाथों से जूते खाने की हामी भरें तब...इडियट...।"

"मिस आप...।"

"शटअप स्ट्रीट रोमियो—कामिया तुम जैसों से निपटना खूब जानती है—समझे...।" चीखते हुए स्वर के साथ उसने कार बढ़ाने का इशारा किया—हाँ, कामिया ही तो वास्तविक नाम था उसका।

और कार के आगे बढ़ जाने के बाद भी तो नन्हें चन्द क्षणों तक वहीं खड़ा रह गया था—कार के नम्बर को याद करता हुआ।

और फिर कुछ ही समय के बाद वह रंजन और लाजो दीदी के सामने डायनिंग टेबल पर बैठा मेज पर ही तबले की थाप देता हुआ गुनगुना रहा था—

सुन री मेरी जीजी—सुन ऐ मेरे जीजा...
डी.आई.ए. सत्वींजा बवींजा।

हाँ—कामिया की कार का नम्बर डी.आई.ए. फाइव सेवन फाइव टू ही तो था—नन्हें की भाषा में सत्त्वींजा बवींजा...।"

भरी दुपहरी में तपती सड़क पर थके कदमों के साथ चलती रही बड़की यानि गुणवन्ती।

सुबह ही उसे पता चला कि फिर कोई उसे देखने आ रहा है और वह पहली बार बिफर-सी उठी थी कि उसे बार-बार इस नुमाइश की कोई आवश्यकता नहीं—मगर किसी को भी अपने इस विचार से सहमत नहीं कर सकी थी वह और फिर थक-हारकर लाजो दीदी के पास आ गयी थी—यह कहने के लिए कि लाजो रंजन से कहे कि वह उसके लिए किसी छोटी-मोटी नौकरी का इन्तज़ाम कर दे।

हाँ, उसने सोचा तो सही था कि इसी तरह अपने आपको व्यस्त रखकर वह अपने जीवन के अकेलेपन से छुटकारा पा सकती है।

पैदल चलते-चलते थक गयी थी वह—सुबह से कुछ खाया भी नहीं था—सुबह ही तो उसके कारण घर में कोहराम मच गया था—फिर उसकी कुछ खाने की इच्छा होती भी कैसे—मगर इस वक्त पेट का यही खालीपन उसके ऊपर हावी होता चला जा रहा था।

सड़क किनारे एक पेड़ की छाया देखकर क्षण भर के लिए रुकी वह—सोचा थोड़ी देर सुस्ता ले इस छाया में—वैसे तो आगे बढ़ना नामुमकिन-सा था—सिर बुरी तरह से चकरा रहा था।

एकाएक अपने सिर को दोनों हाथों से पूरी शक्ति से थाम लिया उसने और फिर बहुत प्रयास करने के बाद भी अपने आप पर काबू नहीं रख सकी थी—सिर को थामे हुए वहीं ढहती चली गयी थी।

गिरते ही या गिरने से पहले ही उसकी चेतना लुप्त हो गयी थी।

कराहते हुए अपनी पलकों को धीरे-धीरे खोल दिया बड़की ने—दिमाग पर एक अजीब सा भारीपन था। जिस्म के रोम-रोम में कमजोरी का अहसास।

"मैं...मैं...मैं कहाँ हूँ...?" बुदबुदाये-से थे उसके होंठ।

"आप यहाँ-हास्पिटल में हैं मिस...?"

और इस स्वर के साथ ही निगाहें घुमायी बड़की ने—सामने एप्रीन पहन—गले

में स्टैथोस्कोप लटकाये एक आकर्षक व्यक्तित्व का युवक सामने खड़ा था।

"आ...आ...प...?"

"मुझे अश्वनी कहते हैं मिस—डॉक्टर अश्वनी।" मुस्कराते हुए बोला था वह—बड़की के चेहरे पर निगाहें जमाये हुए ही।

"मैं...मैं इस हॉस्पिटल में कैसे आयी डॉक्टर...?" कम्पित स्वर में ही पूछा बड़की ने।

"संयोग ही समझ लीजिए कि मैंने मेन रोड से गुजरते हुए एक पेड़ के नीचे आप को बेहोश होकर गिरते हुए देखा—और फिर आपको हॉस्पिटल के दर्शन करवाने की जरूरत समझकर आपको उठाकर यहाँ ले आया—यहाँ आकर आप को एग्जामिन किया तो पता चला कि आप घर का राशन बचाने के चक्कर में यहाँ तक आ पहुँची हैं...।"

बड़की की निगाहें धीरे-धीरे झुकती चली गयीं...कहती तो कहती भी क्या वह।

चन्द एक क्षण तो खामोश ही रहा था अश्वनी और फिर स्वयं ही बोल उठा था—

"वैसे चिन्ता की कोई बात नहीं—अब आप पूरी तरह से नार्मल हैं—देर तक भूखे रहने और सम्भवत अत्यधिक मानसिक तनाव के कारण ही बेहोश हो गयी थीं आप—फिलहाल आपके खाली पेट का इलाज तो ग्लूकोज चढ़ाकर कर दिया गया है—और अब आप घर भी जा सकती हैं...।"

"थैंक्स डॉक्टर...।" निगाहों में कृतज्ञता के भाव लिये हुए उठ बैठी थी बड़की।

"ठहरिए इतनी भी क्या जल्दी है मिस—हाँ, आपको अपना नाम और पता बताना पड़ेगा—कागजी खाना पूरी तो करनी ही होती है ना...हाँ तो आपका नाम...?"

"गुणवन्ती...।" झिझकते स्वर में इतना ही कह सकी बड़की—उसे खुद ही अपना नाम अजीब-सा लगता था।

"गुणवन्ती...।" नाम को एक बार दोहराया-सा था अश्वनी ने—ऐसे जैसे उसे याद कर रहा हो।

और फिर पता भी नोट कर लिया था उसने।

"आइए आपको बाहर तक छोड़ दूँ...।"

"नहीं नहीं...मैं खुद ही चली जाऊँगी...।"

"देखिए मिस गुणवन्ती इस हॉस्पिटल के अन्दर आपकी मनमानी नहीं चलेगी..."

"मनमानी...।" बड़की ने आश्चर्य से अश्वनी की तरफ़ देखा।

"जी हाँ—देखिए आपको मैं पूरे सम्मान के साथ इस हॉस्पिटल में लेकर आया था—पूरे सम्मान के साथ ही नहीं पूरे अधिकार के साथ भी—और अब अगर आपको यहाँ की कैंटीन की एक कप कड़क चाय पिलाये बिना जाने दिया तो सब क्या कहेंगे—डॉक्टर अश्वनी अपने पेशेंट को एक कप चाय भी नहीं पिलाते—नहीं—मेरे लिए यह सुनना सम्भव नहीं...।"

"ओह...।" अश्वनी की इस बात से बरबस ही मुस्करा उठी बड़की—शुभ्र, श्वेत दन्त पक्तियाँ झिलमिलाती चली गयीं।

"हाँ यह हुई ना बात...तो आइए फिर चलें...।"

और डॉक्टर अश्वनी के इस स्वर में इतना अधिकार और अपनापन था कि चाहकर भी इनकार नहीं कर सकती बड़की।

दोनों चल पड़े थे—साथ साथ कदम उठाते हुए।

"हूँ...आपकी समस्या वास्तव में इतनी गम्भीर नहीं—जितनी आप समझ बैठी हैं...।"

क्या कहती बड़की—सिर झुकाये हुए खामोश ही रही—चाय कप में ही पड़ी हुई ठंडी हो रही थी—दरअसल डॉक्टर अश्वनी ने जब अपनेपन के साथ उसके अन्दर के दर्द को जानना चाहा था तो अपने आप पर काबू नहीं रख सकी थी वह—बयान कर ही दी थी अपनी विवशता। उसके अन्दर का दर्द उछलकर बाहर आ गया था।

"देखिये गुणवन्ती जी—हर घर की कोई ना कोई समस्या तो होती ही है—मगर जहाँ तक मेरी समझ का सवाल है—हर समस्या का कोई ना कोई हल भी होता है और आपकी समस्या दहेज की समस्या है—नारी के अधिकारों और नारी की विवशता की समस्या है—तो इसके लिए तो सबसे पहले आपको अपने आप से ही लड़ना होगा ना...।"

"अपने आपसे...।" डॉक्टर अश्वनी की तरफ देखते हुए बड़बड़ायी-सी थी वह।

"जी हाँ—अपने आपसे ही लड़ना होगा आपको—अभी तक सिर झुकाकर ही अपनी जिन्दगी जीती रही हैं न आप—अब अन्दर झाँककर अपने आपको इस बात के लिए भी तैयार करना होगा कि सिर उठाकर जी सकें आप—अपने अधिकारों की रक्षा स्वयं कर सकें—अपना अच्छा-बुरा खुद ही सोच सकें—अपनी जिन्दगी के निर्णय खुद ही ले सकें...।" कहता चला गया था अश्वनी।

"मगर...मगर... ।"

"मैं सच ही कह रहा हूँ गुणवन्ती जी—अगर आप सिर उठाकर जीना चाहती हैं तो हर जगह अपने नसीब को कोसकर खामोश रह जाने की अपेक्षा अपने अधिकारों के लिए लड़ना होगा—दहेज आपको जिन्दगी का एक अभिशाप मालूम होता है ना—दहेज समाज के लिए वास्तव में अभिशाप से कम नहीं—आप खुद ही अपने बलबूते पर दहेज के इस राक्षस का मुकाबला कीजिए—अगर आप अपनी लड़ाई अपने आप लड़ने की हिम्मत अपने अन्दर सँजो लेंगी तो आपकी जिन्दगी में कोई भी रास्ता असम्भव नहीं लगेगा—अपने आप से कभी भी हार महसूस नहीं होगी आपको... ।"

अभी भी खामोश रही थी बड़की—श्रद्धा भरी निगाहों से डॉक्टर अश्वनी की तरफ देखते हुए—अश्वनी की बातों में निस्सन्देह जादू था और उस जादू का असर उसे अपने ऊपर पूरी तरह से महसूस हो रहा था।

"अरे—आप चाय तो पीजिए... ।"

"हाँ-हाँ... ।" चौंककर सचेत हुई बड़की—जाने किस सोच से यथार्थ में आयी वह।

और फिर चाय की चुस्कियाँ धीरे-धीरे लेती रही थी वह—रह-रहकर उसकी तरफ देखते हुए डॉक्टर अश्वनी ना जाने क्या सोचता रहा था। बड़की भी तो फिर किसी सोच में डूब गयी थी।

मगर इतना तय था कि अगर अश्वनी कुछ सोच रहा था तो बड़की को लेकर ही सोच रहा था और बड़की की हर सोच भी तो अश्वनी तक पहुँचकर ही खत्म होती थी।

एक दूसरे से विदा लेने के बाद भी तो दोनों एक दूसरे के विषय में सोचते रहे थे। ना जाने क्यूँ...?

"अब तो तेरी तबीयत ठीक है ना बड़की... ।" बड़की के बेहोश होकर हॉस्पिटल पहुँचने की बात सुनकर तड़प उठी थी भागवन्ती।

"हाँ माँ—तू देख ही रही है ना बिल्कुल ठीक हूँ मैं—वो तो उस वक्त यूँ ही चक्कर आ गया था।"

"तुझसे कहा भी था मैंने कि बिना कुछ खाये घर से बाहर मत निकल—तेरे तन पर तो खाया हुआ भी नहीं लगता तब बिना खाये हुए... ।"

"अब छोड़ो ना माँ—जो हो गया उसे भूल जाओ और दुआ दो उस डॉक्टर को

जो हमारी बड़की के ऊपर मेहरबान हो गया था।"

"मँझली देख तू...।"

"अरे यार—मैं तो उस वक्त से उस डॉक्टर की ही सोच रही हूँ जिसने बाँहों में उठाकर हॉस्पिटल पहुँचाया था...।"

"ग्लुकोज की बोतल भी चढ़ायी और फिर चाय बिस्कुट से तेरा अनशन भी तुड़वा दिया...वैसे बड़की...।"

"मुँह बन्द रख मँझली—तेरे मुँह से सिर्फ बक-बक ही निकलती है...।"

"नहीं—डॉक्टर साब का नाम तो आपकी यह छुटकी भी जानना चाहती है...।"

"क्यों—तुम लोगों को क्या करना है उस डॉक्टर का नाम जानकर...।"

"कुछ नहीं—बस हम तो उसके नाम की माला जपेंगे—एक सौ आठ बार जाप करेंगे, बताइए क्या नाम है उसका—डॉक्टर ए.बी.सी. या डॉक्टर एक्स वाई जेड...।"

और मँझली की इस हरकत पर बरबस ही हँस पड़ी थी बड़की।

"बस डॉक्टर पुराण काफी हो चुका है—अब अपनी भावी वह तो सम्भावी उनके पूज्य चाचा जी शीघ्र ही पधारने वाले हैं," नन्हें ने जैसे उद्घोषणा की।

"क्या...।" बड़की ने झटके से चेहरा घुमाकर अपनी माँ भागवन्ती की तरफ देखा, "माँ मैंने सुबह भी कहा था ना कि अब इस नाटक की कोई जरूरत नहीं...।"

"देख बड़की—इस वक्त तो तेरी माँ ही तेरे हाथ जोड़ती है बेटी कि इस वक्त तो कोई बवाल खड़ा मत करना वरना तेरे बापू हो सकता है—तुझे तो कुछ ना कहें मगर शामत आ जाएगी बेटी—मेरी पीढ़ियों तक को कोस डालेंगे।"

"किसलिए।"

"वह—मैंने तुझे जन्म दिया है ना इसलिए...।" कहते हुए कम्पित अधर के साथ भागवन्ती की आँखों में आँसू भरते चले गये।

और माँ का यह रूप देखकर अन्दर-ही-अन्दर पिघलती चली गयी थी बड़की—विरोध की सारी ताकत हवा हो गयी थी। नतीजा स्पष्ट था।

"तुम्हारा क्या नाम है बेटी...।" जटाशंकर जी ने स्नेह भरे स्वर में पूछा था—लड़का तो नहीं आ सका था—वही आये थे—बड़की को देखने के लिए—बड़की को पता चला था सिर्फ इतना ही कि लड़का डॉक्टर है—यहीं दिल्ली में ही।

"जी—गुणवन्ती...।" सिर झुकाये हुए बड़की के अधर जैसे लरज उठे।

"तुम्हारी बहन लाजो से तुम्हारी बहुत तारीफ सुनी बेटी—इसीलिए तुम्हें देखने चले आये...।"

जटाशंकर बड़की की तरफ देखते हुए बोले थे—बात को आगे बढ़ाने के अभिप्राय से।

"बहन बहन की तारीफ को अक्सर ही किया करती है...।" कह उठी थी बड़की—ना जाने क्यों।

मगर जटाशंकर ने इसे पूर्णतया सहज भाव से ही लिया।

"सुना है तुम सब बहनें अच्छा गा लेती हो...।"

"बाकी सब बहनें तो अच्छा ही गा लेती हैं मगर मैं नहीं...।" बिना किसी हिचक के जवाब दिया बड़की ने—चन्द ही क्षणों में अपने आपको आश्चर्यजनक रूप से तैयार कर लिया था बड़की ने और बसेसर राम बड़की का यह नवीन रूप देखकर मन-ही-मन आश्चर्यचकित हो रहे थे।

"बैंजो और बंगाड्रम वगैरा तो मैं यानि एल. प्रसाद भी बजा लेता हूँ जी थोड़ा थोड़ा—और हमारी ये बड़की तो सिलाई, कढ़ाई, बुनाई सभी कुछ लाजवाब करती है...।"

"आप...।"

"हम लड़की यानि कि इस बड़की के भाई ही हैं जी—एल. प्रसाद यानि कि ललित प्रसाद बी.ए...।"

"तुम्हारे ललित भैया तुम्हारी कढ़ाई, बुनाई की बहुत तारीफ कर रहे हैं गुणवन्ती बेटी...।"

''जी—यह बिल्कुल वैसा ही काढ़ती, बुनती है जैसी बाजारों में बिकता है...।" बसेसर राम ने पुष्टि की।

"मैं बाजार में बेचने के लिए ही यह सब करती हूँ—तब सब कुछ बाजार में बिकने जैसा ही तो होगा...।"

बड़की ने तुरन्त स्पष्टीकरण दिया—आज तो जैसे एक-एक शब्द सच बोलने की सौगन्ध खायी हुई थी उसने।

क्षण भर के लिए बड़की की तरफ देख कुछ सोचते रहे जटाशंकर और फिर मुस्करा उठे।

"तुमने इंटर किया हुआ है ना बेटी...।"

"जी ये फर्स्ट डिवीजन पास हुई थी जी—विद डिस्टिंकशन इन संस्कृत एंड मैथस...।" लल्लू ने फिर बड़की की मदद की।

"सुन्दर—बहुत सुन्दर—तुम्हें तो आगे भी पढ़ाई जारी रखनी चाहिए थी बेटी...।"

"जी—मैं तो बहुत चाहती थी मगर मुझे आगे पढ़ने ही नहीं दिया गया...।"

"अजी लड़कियों को ज्यादा पढ़ा लिखाकर करना भी क्या है—वैसे भी इसकी माँ बीमार रहती है इसीलिए घर इसी को सँभालना पड़ता है," बसेसर राम ने तुरन्त स्पष्टीकरण किया।

"मुझे भी घर में ऐसी ही बहू चाहिए जो घर को सँभाल सके... ।" अन्दर-ही-अन्दर अपनी सहमति व्यक्त कर ही दी उन्होंने।

"तब फिर बताइए—हुकम कीजिए—हमें क्या करना होगा... ।" बसेसर राम की निगाहों में आशा की किरण जाग उठी।

"अभी कुछ करने की क्या जरूरत है आपको—पहले लड़का और लड़की एक दूसरे को पसन्द तो कर लें और फिर लड़का और मैं दोनों ही लम्बी-चौड़ी लेनदेन के खिलाफ हैं—बस आप शादी के समय लड़के की हैसियत का खयाल रख लीजिएगा—डॉक्टर है ना—खैर यह सब तो बाद की बातें हैं... ।"

"नहीं—यह बाद की बात नहीं पहले की ही बात है... ।"

बड़की के इस स्वर के साथ ही जटाशंकर ने चौंककर बड़की की तरफ देखा।

"जी हाँ—अगर आपकी हैसियत हमारी हैसियत से ज्यादा है और आपको अपनी इस हैसियत का बहुत खयाल है तो बेहतर है कि आप अपने डॉक्टर भतीजे का रिश्ता कहीं और करें।"

"बेटी तुम... ।"

"मैं सच कह रही हूँ—जो कह रही हूँ बहुत सोच समझकर कह रही हूँ—अगर आप अपने से गिरी हैसियत में रिश्ता करेंगे तो आपकी हैसियत का खयाल रखने के लिए मेरे माँ-बाप को शादी के समय और शादी के बाद के भी तमाम अवसरों पर अपनी हैसियत से कहीं ज्यादा खर्च करना पड़ेगा—और जो बात आज हैसियत के खयाल से शुरू हो रही है वह बात कल एक बहू के जिन्दा आग में मरने की बात पर खत्म होगी... ।"

"बड़की... ! बड़की जा बेटी तू भीतर जा—बड़ों की बातों के बीच में नहीं बोला जाता बेटी... ।" सकपकाये-से बसेसर राम ने स्थिति को सँभालने का प्रयास किया।

मगर अब उठ खड़े हुए थे जटाशंकर जी—गम्भीर मुद्रा में।

"गुणवन्ती की बात का बुरा मत मानिए जटाशंकर जी—दरअसल में दो-चार जगह बात चली तो दहेज की बात को लेकर ही टूट गयी—इसीलिए शायद अपने ऊपर काबू नहीं रख सकी वरना... ।"

"बस—अब हमें चलना ही चाहिए बसेसर राम जी—यकीन मानिए कि हमें किसी से भी कोई शिकायत नहीं—मगर यह सच है कि हमने सुना कुछ और था और पाया कुछ और—खैर जाने दीजिए—अच्छा नमस्कार।"

और फिर रोकने से भी नहीं रुके थे जटाशंकर जी।

अब बसेसर राम की बारी थी—जीती हुई बाजी हार गये थे ना इसलिए गुस्सा तो उतारना ही था और वह गुस्सा भागवन्ती पर ही उतरा था।

"वाह भागवन्ती वाह—खूब बेटी पैदा की तूने...।"

"इस वक्त तो जी मैं आपके हाथ ही जोड़ सकती हूँ—इस वक्त आप...।"

"इस वक्त मैं चुप रहूँ—यही ना—तेरी इस लाडली ने बाप की इज्जत बीच बाज़ार नीलाम कर दी—टोपी उछाल दी इसने मेरी और मैं चुप रहूँ...।"

कहते हुए एकाएक चीख-से उठे बसेसर राम।

"क्यों रहूँ चुप...। क्या इसलिए कि आज जीतकर भी हार गया मैं—तू अपनी इसी लाडली को सीधी सादी गऊ बेटी कहा करती थी ना भागवन्ती—इसी को ना," बसेसर राम जी का चीखता-चिल्लाता स्वर एल.आई.जी. के उसी फ्लैट में नहीं आसपास भी दूर तक निश्चित रूप से गूँज रहा था।

मगर आज बड़की की आँखों में आँसू नहीं थे—अपने आपको पूरी तरह से मजबूत बना चुकी थी वह।

"लगता है अश्वनी—आज जरूर कोई खास बात है...।"

"हाँ, अनीता लगता तो हमें भी है...।" कहते हुए अर्पणा भी मुस्करा उठी थी।

"अच्छा चलिए—आपका यह जूनियर भी मान लेता है।"

अश्वनी ने कन्धे उचकाकर सहमति व्यक्त की—"वैसे बात तो है मगर खास नहीं...।"

"अच्छा चलो—बात ही सही—मगर बताओ तो सही भाई...।" अनीता के स्वर में उत्सुकता थी।

"लगता है आपको आपकी वह टकरा गयी अश्वनी—वही जो आपके ख्वाबों में आया करती थी...।"

"हाँ अर्पणा जी—आपकी बात में भी जान नजर आती है—मुझे भी कुछ-कुछ ऐसा ही लगता है मगर...।"

"मगर क्या जूनियर—मिलवाओ ना यार उससे...।"

"अभी तो यही दुआ कीजिए अनीता जी कि वह हमसे ही दोबारा टकरा जाए—वैसे चांसेज तो कम ही हैं। मगर फिर भी मुझे वह बात भी याद है कि जहाँ चाह वहाँ राह।"

"मगर आपकी राह का कोई पता भी तो होगा...।"

"हाँ अर्पणा जी—अता और पता दोनों हैं—मगर अब स्ट्रीट रोमियो भी तों नहीं बन सकता ना—चाहे आपसे जूनियर हूँ मगर हूँ तो डॉक्टर ही—वैसे आप दोनों चिन्ता मत कीजिए—कुछ करना है तो दुआ कीजिए कि वह फिर

मिले—यहाँ-वहाँ—ना जाने कहाँ—कहीं भी और तब मैं उसकी शिनाख्त करके आपको बता सकूँ कि वह वही है या नहीं—वैसे लगती तो वही है—क्योंकि जैसे ही उसे देखा था—स्टैथोस्कोप से अपने दिल की धड़कन देखी थी—यकीनन बढ़ी हुई लगती थी...।"

"वह तो हमें अभी भी बड़ी हुई लगती है जूनियर...।" अनीता कपूर हँसी थी। मुस्करा तो अर्पणा सिन्हा भी रही थी।

और उन्हें हँसता हुआ ही छोड़ डॉक्टर अश्वनी तीव्रता से केबिन से बाहर निकल गया—एक नर्स बुलाने आयी थी—उसी के साथ।

अखबार पर निगाह दौड़ाते ही झटके के साथ सीधा होकर बैठ गया नन्हें—अखबार में छपी कामिया की तस्वीर पर जो निगाह पड़ गयी थी।

वह विज्ञापन था—आज शाम कामिया अशोका होटल में कत्थक नृत्य का प्रोग्राम प्रस्तुत कर रही थी—उसी के सम्बन्ध में यह विज्ञापन था।

ना जाने कब तक वह अखबार में यूँ ही निगाहें गड़ाये हुए बैठा रहा था—अगर मुन्नी नहीं आती तो वह अभी भी अखबार से चिपका ही रखता।

मुन्नी...। पड़ोस के ही एक परिवार की लड़की—छुटकी की हमउम्र—बचपन में नन्हें के साथ ही खेलते हुए बड़ी हुई थी वह और बचपन की मीठी यादें अभी भी मुन्नी के दिलोदिमाग पर हावी थीं।

"हैलो नन्हें...।"

"ओह...।" चौंककर चेहरा उठाया था नन्हें ने—"हैलो मुन्नी—छुटकी से मिलने आयी हो क्या—मगर छुटकी तो...।"

"क्यों—मुन्नी तुमसे मिलने नहीं आ सकती क्या..." चिढ़-सी गयी थी मुन्नी।

"अरे क्या हुआ तुझे—मुँह क्यों सूज गया तेरा—अपुन ने कब बोला कि तू अपुन से मिलने नहीं आ सकती—नन्हें सब बच्चे बच्चियों से समान रूप से स्नेह रखता है—बोलो बच्ची—तुम्हें क्या काम है नन्हें से—नन्हें महाराज तुम्हारा कल्याण करेंगे...।"

"उफ नन्हें—तुम कभी सीरियस भी रहोगे या...।" झल्ला-सी उठी मुन्नी।

"अब तू कहेगी भी या...।"

"वो क्या है नन्हें कि मैं होटल मैनेजमेंट का कोर्स करना चाहती हूँ—तू वहाँ से फार्म वगैरह ला देना—मुझे तो कुछ भी नहीं मालूम...।"

"और जो किसी को भी नहीं मालूम होता वह सर्वज्ञाता नन्हें महाराज को

मालूम होता है—चिन्ता मत करो बच्ची तुम्हारा कल्याण होगा... ।"

"उफ मैं अब बच्ची नहीं रही नन्हें... ।"

"नन्हें महाराज को अपने सामने बड़े बूढ़े भी बच्चे नजर आते हैं बच्ची—खैर जाने दो—आज नन्हें महाराज को तुम्हारी भी मदद की परम आवश्यकता है... ।"

"मेरी मदद की आवश्यकता... ।" मुन्नी का स्वर हैरत में भरता चला गया। "हाँ मुन्नी—तुझे कामिया को फोन करना होगा—जैसा मैं बताऊँ वैसा ही कहना होगा बोल मंजूर है... ।"

"कामिया... । ये कामिया कौन है नन्हें... ।"

"अरे है एक धोबिन—तू बस अपना काम कर और नन्हें को अपना काम करने दे—बोल पार्टनर करेगी ना मदद—नन्हें महाराज इच्छापूर्ति का आशीर्वाद देंगे बच्ची... ।"

"बस-बस नन्हें—इतना ही काफी है—बोल क्या कहना होगा मुझे उस कामिया से... ।"

"उस कामिया से नहीं मुन्नी—मिस कामिया से..." नन्हें ने संशोधन किया।

"मेरे लिए एक ही बात है... ।" चिढ़कर कन्धे उचकाये मुन्नी ने। नन्हें की कामिया के प्रति इतनी गहरी रुचि देखकर उसकी जलन स्वाभाविक ही थी।

मगर नन्हें को तो सिर्फ अपने मतलब से मतलब था। कामिया को फोन करने के बाद उसे अपने कुछ दोस्तों को भी तो फोन करने थे—पूरा का पूरा प्लान उसकी आँखों के सामने सचित्र थिरक रहा था।

दिलोदिमाग पर यकीनन कामिया सिर्फ कामिया ही बसी हुई थी।

"वाह रूपा वाह—जवाब नहीं तुम्हारी आवाज और तुम्हारी खूबसूरती का—देख लेना स्टेज पर पहला प्रोग्राम देते ही तुम चाँद-सितारों से बात करने लगोगी।"

"मगर प्रीतम उस्ताद... ।"

"अरे—गोली मारो मगर को और भाड़ में झोंको उस्ताद को—अब तो तुम हमें प्रीतम ही कहा करो—तुम्हारे मुँह से उस्ताद-उस्ताद अच्छा नहीं लगा... ।"

"अगर चाचा सुनना अच्छा लगता हो तो प्रीतम चाचा कह दिया करूँगी—मेरे पिता के दोस्त होने के नाते आप मेरे चाचा ही तो हुए... ।" मँझली ने नीति से काम लिया—प्रीतम की बातों के पीछे छिपे इशारों को खूब समझती थी वह, मगर समझते

हुए भी खामोश रहती थी तो मात्र इसलिए कि अपना मतलब हल करना चाहती थी वह—प्रीतम उसके पहले स्टेज प्रोग्राम की भरपूर पब्लिसिटी कर रहा था और मँझली अपने चर्चित होने का ही इन्तजार कर रही थी।

"हाँ-हाँ चाचा जी कह सकती हो मगर चाचा भी तो तीन तरह के होते हैं...।"

"बहुत खूब प्रीतम उस्ताद—आपने तो चाचाओं की भी कैटेगरी बना दी...।"

"हाँ रूपा—चाचा भी तीन तरह के ही होते हैं—चाचा-ए-बुजुर्गवार—चाचा-ए- बरखुद्दार और चाचा-ए-यार...हाँ तो हम चाचा की किस कैटेगरी में आते हैं रूपा...।"

"चाचा ए बुजुर्गवार की कैटेगरी में...।" तुरन्त बोली मँझली—क्षण भर भी सोचे बिना ही। और प्रीतम उस्ताद ने ऐसा मुँह बनाया जैसे मुँह में कूनैन घुलती चली गयी हो और फिर अपनी झेंप खुद ही मिटाता हुआ 'हे हे हे' करता हुआ हँस पड़ा वह—"तुम बहुत ही शरारती हो रूपा।"

"हाँ तो अब मैं रियाज शुरू करूँ चाचा बुजुर्गवार...।" मँझली ने फिर चुटकी ली।

"नहीं-नहीं रूपा, ये चाचा-वाचा नहीं चलेगा—प्रीतम उस्ताद ही ठीक है...।" और प्रीतम उस्ताद की बौखलाहट पर मँझली बरबस ही खिलखिला उठी थी।

"अरे नन्हें—बेटे ये पोस्टर-सा कहाँ से उठा लाया दिखता है तू...।"

"हाँ दादा जी—पोस्टर ही है...।" एक गहरी साँस लेते हुए बोला नन्हें—वहीं बैठ गया था दादा जी के पास।

"ला बेटे—दिखा तो सही—हम भी तो देखें—किस हीरोइन का पोस्टर उठा लाया तू..." दादा जी ने परिहास किया।

"हाँ दादाजी—आप इस हीरोइन को देख और पहचान सकें, इसीलिए तो यह पोस्टर दीवार से उतार लाया हूँ।" खिन्न स्वर के साथ ही नन्हें ने वह पोस्टर दादाजी की तरफ बढ़ा दिया—तह किये हुए ही।

"कोई स्पेशल हीरोइन है तो हम भी देखेंगे भाई...।" लल्लू भी दादा रिज्जक राम के करीब खिसक आया था। मगर दादा जी के द्वारा पोस्टर खोलते ही लल्लू ही नहीं दादा जी स्वयं भी चौंक उठे थे।

"यह—यह तो अपनी मँझली दिखती है नन्हें...।"

"दिखती ही नहीं दादा जी—यह मँझली ही है—एल. प्रसाद की आँखें धोखा नहीं खा सकतीं...नो डाऊट दादा जी—आई मीन ग्रेंडफादर जी...।"

“हाँ दादा जी—ये मँझली ही है—स्टेज प्रोग्राम दे रही है ना—इसीलिए सड़कों-नुक्कड़ों, गलियों में अपनी मँझली की पब्लिसिटी हो रही है...।” नन्हें अभी भी परेशान था पूर्ववत।

“बसेसर—अरे ओ बसेसर भाई—जरा यहाँ तो आ बेटे...।” दादा जी ने साथ के ही कमरे में मौजूद बसेसर राम को आवाज दी।

“हाँ जी—बसेसर को आवाज दो और बसेसर हाजिर—इसे कहते हैं आज्ञाकारी सपूत और फिर भी आपकी निगाह में आपका बसेसर हमेशा नालायक ही रहा...।”

“अपनी बात बाद में कर लेना बसेसर—पहले यह बता अपनी मँझली के बारे में भी कुछ पता है तुझे या...।”

“पता है जी—बिल्कुल पता है—आप इसी पोस्टर की कहानी लिए बैठे हो ना आप—अजी हमारी मँझली तरक्की कर रही है, तरक्की और ये नन्हें चुगलखोरी की तरह चुगली खा रहा है...।”

“ओह—तो सब कुछ तू जानता है बसेसर...।”

“लो जी—मैं कब मना कर रहा हूँ कि मैं नहीं जानता—मँझली अपने ही यार प्रीतम उस्ताद के पास गाना सीख रही है—और गाना सीखना पाप तो नहीं है जी—और रही स्टेज पर गाने की बात—तो क्या जी—जो काम बसेसर राम ना कर सका—वह क्या उसकी औलाद भी ना करे...।”

“बस बसेसर बस—तूने हमारे कहने लायक कुछ छोड़ा ही कहाँ...।” एक गहरी साँस भर उठे दादा जी। नन्हें कुछ कहना चाहता था मगर उसी क्षण दरवाजे पर दस्तक हुई।

“थप-थप...।”

लल्लू ने उठकर दरवाजा खोल दिया—मँझली ही थी।

“लो जी—आ गयी मँझली भी—आ गयी हमारी जनता कालोनी के एल आई जी फ्लैट की हीरोइन...।”

“क्या है लल्लू भैया—ये आज कैसे बात कर रहे हो...।” हैरत में पड़ते हुए मँझली आ गयी और फिर दादा जी के हाथ में अपने प्रोग्राम पोस्टर देखकर स्वयं ही सब समझ गयी।

“दादा जी आप...।”

“बस बेटी—मेरे कहने लायक तो अब कुछ बचा ही नहीं—हो सके तो इस बूढ़े की एक ही बात याद रखना बेटी—गरीब के पास उसकी इज्जत ही सबसे बड़ी दौलत होती है, कहीं दौलतमन्द बनते-बनते अपनी इस इज्जत को ही ना दाग लगा बैठना।”

"जी दादा जी...।" सिर झुकाये हुए बस इतना ही कह सकी मँझली—वैसे दिल ही दिल में वह खुश भी थी—कि चलो यह समस्या भी निपटी—वरना अभी तक तो इसी बात के लिए काफी चिन्तित रही थी वह और अब उसके पिता बसेसर राम ने यह मसला खुद ही हल कर दिया था, उसकी गैर मौजूदगी में ही।

मँझली तो दूसरे कमरे में चली गयी थी, मगर दादा जी मँझली को लेकर अभी भी सोच में डूबे हुए थे, घर के मुखिया थे ना वह।

रज्जो को प्रसव पीड़ा फिर उठी थी और इसीलिए उसे एक बार फिर तुरन्त ही हॉस्पिटल में ले जाना पड़ा था और इस बार रज्जो को एडमिट कर लिया गया।

रज्जो को देखने के लिए बड़की हॉस्पिटल पहुँची थी—उसी हॉस्पिटल में जहाँ वह बेहोश होने के बाद डॉक्टर अश्वनी के द्वारा लायी गयी थी।

"काश आज एक बार फिर उससे मुलाकात हो पाती—उसी डॉक्टर अश्वनी से...।" रज्जो को देखकर वार्ड से बाहर निकलते हुए सोचा था उसने—डॉक्टर के अनुसार रज्जो के प्रसव में अभी समय था और बड़की ने सोचा था कि वह घर वालों को एक बार रज्जो की कुशलता की सूचना तो दे दे।

गैलरी में उसके उठते हुए कदमों के साथ डॉक्टर अश्वनी की सोच भी उसके साथ-साथ चलती रही थी। मगर खुद डॉक्टर अश्वनी से मिलने का साहस वह अपने अन्दर नहीं जुटा पा रही थी।

वह लम्बी पतली गैलरी से गुजरते हुए मोड़ आने पर मुड़ना ही चाहती थी कि एकाएक लड़खड़ा-सी गयी। दूसरी तरफ से मोड़ता हुआ एक युवक आ टकराया था उससे—या फिर वह उससे टकरा गयी थी और उस युवक ने ही फुर्ती के साथ लड़खड़ा उठी बड़की को सँभाल लिया था।

दोनों ने एक दूसरे को देखा और फिर देखते ही रह गये।

एप्रीन पहने—गले में स्टैथोस्कोप लटकाये वह युवक कोई और नहीं अश्वनी ही था—डॉक्टर अश्वनी।

"खूब गुणवन्ती जी—बहुत खूब—जब आपसे पहली मुलाकात हुई थी तो आपको हॉस्पिटल में लाना पड़ा था और अब उठाके लाने की जरूरत ही नहीं पड़ी—आप खुद-ब-खुद हॉस्पिटल में चली आयीं...।"

"नहीं मैं नहीं आयीं—मेरी बहन रज्जो मेटरनिटी वार्ड में भर्ती हुई है—मैं उसी को देखने आयी थी...।" दबे स्वर में बोली बड़की—चेहरा झुकता चला गया। अश्वनी को सामने देखकर दिल की धड़कनें बेकार होती जान पड़ी थीं।

दिल तो अश्वनी का भी बेकाबू था।

"ओह तो आप अपनी बहन के पास आयी थीं—चलिए आप आयीं तो सही...।"

"जी...।"

"जी—दरअसल बात ये है गुणवन्ती—एक डॉक्टर होने के नाते अपने पेशेंट के स्वास्थ्य की चिन्ता करना मेरा फर्ज है और आपके केस में मैं आपसे यह जानना चाहता था कि अब तो आप राशन की बचत नहीं कर रहीं...।"

और अश्वनी की इस बात पर बरबस ही मुस्करा उठी बड़की—कुछ कहने के स्थान पर खामोशी से इनकार की मुद्रा में सिर हिला दिया था।

"चलिए मेरी ये चिन्ता तो मिटी—तो आइए फिर एक-एक कप चाय हो जाये...।"

बड़की के दिल में तमन्ना तो जागी मगर वह झिझक गयी—बचपन से ही मिले संस्कारों के कारण ही

"नहीं, आज नहीं—फिर कभी...।"

"कल करे सो आज कर और आज करे सो अब, वाली बात तो आपको याद होगी गुणवन्ती जी और अगर याद है तो आइए—आपको अपने हाथ की बनी चाय पिलाऊँगा...।"

"नहीं—फिर कभी...।"

"ठीक है गुणवन्ती जी—हम उस फिर कभी का इन्तजार कर लेंगे...।" लापरवाही से कन्धे उचकाये अश्वनी ने।

"अच्छा मैं चलूँ...।"

कहते हुए दोनों हाथ जोड़ दिये बड़की ने और फिर तीव्रता से आगे बढ़ गयी वह—अश्वनी के प्रत्युत्तर की प्रतीक्षा किये बिना ही—अश्वनी का साथ एक अजीब सा अहसास पैदा कर रहा था उसके अन्दर और इसी अहसास से बचने का प्रयास किया था उसने।

अश्वनी दिल ही दिल में हैरान-सा मगर प्रत्यक्ष में मुस्कराता हुआ वहीं खड़ा बड़की को जाते हुए देखता रहा।

मगर बड़की भी कहाँ जा सकी थी।

एकाएक लड़खड़ाकर झटके से रुकी वह—सिर झुकाकर नीचे देखा—अपने पैरों की तरफ।

चप्पल टूट गयी थी।

अश्वनी वहीं खड़ा था—पूर्ववत...।

झुककर बड़की ने चप्पल को ठीक करने का प्रयत्न किया—मगर व्यर्थ उसके लिए तो फिलहाल नामुमकिन ही था यह कार्य और उसने जब चेहरा उठाया—डॉक्टर अश्वनी एक बार फिर उसके सामने खड़ा था।

"यह—यह चप्पल...।"

"चिन्ता मत कीजिए—आपकी हर समस्या का समाधान डॉक्टर अश्वनी के पास है—वैसे एक बात है मिस गुणवन्ती जी—मैं क्या यह चप्पल भी नहीं चाहती थी कि आप इस तरह यहाँ से जाए...।"

"जी...।"

"मेरा मतलब—इस तरह बिना चाय पिये हुए।"

"ओह...।" बरबस ही मुस्करा उठी थी बड़की—अश्वनी का हर अन्दाज निराला था।

"उस दिन आप बेहोश हो गयी थीं—आज आपकी चप्पल घायल हो गयी है—आप तो ग्लूकोज चढ़ाने पर ठीक हो गयी थीं मगर इस चप्पल का ऑपरेशन करना होगा...।"

"ऑपरेशन...।"

"जी हाँ—फिलहाल तो इस हॉस्पिटल में या यहाँ आस-पास कोई चप्पल स्पेशलिस्ट मिस्टर एम.ओ.ची. उपलब्ध है नहीं इसलिए...।"

"एम.ओ.ची...!"

"जी हाँ—मिस्टर एम.ओ.ची. यानि की मोची...आप नहीं जानतीं क्या...?"

और बड़की एक बार फिर मुस्करा उठी थी—पहले की अपेक्षा अधिक खुली मुस्कराहट।

"और मिस्टर एम.ओ.ची. के उपलब्ध ना होने के कारण फिलहाल इस चप्पल के ऑपरेशन का काम मुझे यानि कि डॉक्टर अश्वनी को ही करना होगा—बहुत जिम्मेदारी से भरा काम है गुणवन्ती जी—दुआ कीजिए कि मेरी जिन्दगी का पहला चप्पल ऑपरेशन सफल हो—हाँ तो आइए अब तो आपको मेरी केबिन तक आना ही होगा...।" कहते हुए बिना किसी झिझक के उस चप्पल को उठा लिया उसने।

और अब तो बड़की को डॉक्टर अश्वनी के कदमों का अनुसरण करना ही था।

अश्वनी का केबिन खाली ही था—फुरसत के चन्द क्षणों में अश्वनी या उसके सीनियर डॉक्टर यहीं आ जाते थे।

हाँ तो तशरीफ रखिए गुणवन्ती जी—देखिए इस सीरियस ऑपरेशन के लिए आपसे कोई फार्म तो नहीं भरवाया जा रहा, मगर फिर भी अगर ऑपरेशन टेबल पर आपकी चप्पल दम तोड़ देती है तो इसमें आप हमें दोषी नहीं ठहराएगी—वैसे हम

अपनी तरफ से पूरी कोशिश करेंगे—डॉक्टर का फर्ज ही यही है कि वह मरीज की आखिरी साँस तक कोशिश करे मगर फिर भी... ।"

इस बार मुस्करायी नहीं थी बड़की—हँस पड़ी थी—अश्वनी की बातें ही ऐसी थीं।

अश्वनी बड़की को हँसता हुआ ही छोड़कर बाहर निकल गया—चप्पल हाथ में लिये हुए।

और उसे एक बार फिर रुकना पड़ा था—मगर इस बार सामने उससे सीनियर डॉक्टर अनीता कपूर थीं। क्षण भर के लिए तो बौखला-सा गया डॉक्टर अश्वनी, मगर फिर दूसरे ही क्षण उसने अपने आपको सँभाल लिया।

"क्या बात है अश्वनी—किसी से झगड़ा हो गया है क्या—जो हथियार के रूप में ये टूटी चप्पल...?"

"नो सीनियर—झगड़ा नहीं—ऑपरेशन करना है—इस चप्पल का ऑपरेशन—काफी सीरियस कंडीशन है ना—इसलिए मेजर ऑपरेशन करना होगा—दवा मैं करता हूँ—दुआ आप कीजिए।"

"अश्वनी तुम...!"

इस समय मत कुछ कहिए अनीता जी—वक्त बहुत कम है—इस चप्पल की जिन्दगी और मौत का ही नहीं—आपके इस जूनियर डॉक्टर की भी इज्जत का सवाल है—वह क्या कहेगी कि मैं उसकी चप्पल की जिन्दगी भी नहीं बचा सका...नहीं अनीता जी नहीं—मैं उसकी आँखों में आँसू नहीं देख सकूँगा—आप भी उसे समझाइए हर स्थिति से सामना करने के लिए तैयार रखिए—वह... ।"

"मगर वह है कौन अश्वनी... ।"

"वह वही है अनीता जी—वही है—वही है—वही है... ।"

"हूँ—अब मैं समझी... ।" मुस्करा उठी थी डॉक्टर अनीता कपूर।

"अच्छा है—मगर जो आप समझी हैं कहीं उसे मत समझा दीजिएगा... ।"

"चिन्ता मत करो—तुम ऑपरेशन करो—ध्यान रखना ये तुम्हारे कॅरिअर का सवाल है—और रहा सवाल उसका तो उसे मैं एक कप चाय पिलाकर हर स्थिति का सामना करने के लिए शारीरिक और मानसिक दोनों तरह से बिल्कुल तैयार कर दूँगी—ओ.के. बेस्ट ऑफ लक अश्वनी... ।"

और अश्वनी पूरी तरह से गम्भीर मुद्रा में आगे बढ़ गया।

ऑपरेशन सीरियस था ना... ।

चप्पल ऑपरेशन... ।

शाम को कामिया का होटल अशोका में कत्थक नृत्य का प्रोग्राम था और शाम तक नन्हें पूरी तैयारी कर चुका था वैसे तो नन्हें के दोस्त भी उसका पूरी तरह से साथ दे रहे थे। दोस्तों ने ही वीडियो कैमरा–लाइट–माइक वगैरह हर चीज़ का इन्तजाम किया था, नन्हें तो बस प्लान बनाता रहा था–किसी ना किसी तरह कामिया के करीब जाने का प्रोग्राम।

शाम को होटल अशोका के मेकअप रूम में मेकअप कर रही थी कामिया–प्रोग्राम प्रारम्भ होने में अभी कुछ समय था।

"थप-थप...।"

बाहर से दरवाजे पर थपथपाहट हुई।

"यस–कम इन...।" कामिया होंठों पर लिपिस्टिक लगाते हुए ही बोली।

और अन्दर आने वाला कोई और नहीं नन्हें था–पूरी तरह से बदले हुए रूप में–आसानी से ना पहचाना जाने वाला चेहरा।

कामिया ने चेहरा घुमाया–नन्हें का चेहरा कुछ जाना-पहचाना लगा, मगर एकाएक किसी निर्णय पर नहीं पहुँच सकी वह–"आ...प...!"

"डिकी वाल...। सी.पी. डिकीवाल...। पेशे से आलोचक भी हूँ और पत्रकार भी। बॉम्बे टाइम्स की तरफ से आपका इंटरव्यू लेने के लिए आया हूँ मिस कामिया–सिर्फ चन्द एक सवालात करने...।"

"हाँ-हाँ...। सुबह शायद आपकी ही असिस्टेंट का फोन आया था...।" कामिया सोचते हुए बोली।

"हाँ–उसी मुन्नी ने फोन किया था आपको...।"

"मुन्नी...?" कामिया के चेहरे पर हैरत के भाव उभरे।

और अब नन्हें को अपनी भूल का अहसास हुआ, मगर बात बनाने में तो माहिर था वह।

"जी हाँ मुन्नी...।" दरअसल मिस मिनी नाम है उसका–मगर मिनी बहुत छोटा-सा लगता है ना–और फिर अपने लिए तो मुन्नी मेरा मतलब बच्ची की तरह ही है वह...।"

"हाँ आप इंटरव्यू लेना चाह रहे थे ना...।"

"जी हाँ–जी हाँ–मेरा पहला सवाल यह है–आपको डांस की प्रेरणा कहाँ से मिली...।"

"अपने पापा से...।"

"हूँ–यानि आपके पापा भी बहुत अच्छे डांसर हैं...।"

"जी नहीं–मगर वह मुझे बेहद प्रोत्साहित करते हैं...।" नन्हें के चेहरे पर

निगाहें जमाये हुए-सी बोली कामिया—नन्हें को पहचानने की पूरी-पूरी कोशिश कर रही थी वह।

और नन्हें भी कामिया की इस कोशिश से अन्जान नहीं था। मगर फिर भी...।

"मैं आपका इंटरव्यू ही लेने नहीं आया हूँ मिस कामिया—आपके लिए एक ऑफर भी लेकर आया हूँ—विश्व प्रसिद्ध निर्माता निर्देशक त्रुको की एक फिल्म में काम करने का आमंत्रण।"

क्षण भर के लिए तो कामिया समझ ही नहीं सकी कि क्या जवाब दे, मगर फिर अपने आपको सँभालकर बोली।

"मुझे तो अभिनय करना आता ही नहीं—कॉलिज के ड्रामा वगैरह में भी मैंने कभी पार्टीसिपेट नहीं किया...।"

"ओ डोंट वरी मिस कामिया लाल—लिव इट टू नन्हें...।" अपनी ही झोंक में बोल गया नन्हें।

"नन्हें..।" बुरी तरह चौंक उठी कामिया।

"म...मेरा मतलब नाने—प्रोफेसर नाने—दुनिया के माने हुए एक्टर-डायरेक्टर—वह आपको एक्टिंग सिखा देंगे।"

"ठीक उसी तरह—जिस तरह उन्होंने आपको एक्टिंग सिखायी है मिस्टर डिकीवाल...।"

"जी...जी हाँ...। जी-जी नहीं—मैं तो...।"

"बकवास बन्द कीजिए मिस्टर नन्हें...आपका असली रूप जान चुकी हूँ मैं और अब आप मेरा असली रूप जान जाएँगे।"

"कामिया...मिस कामिया देखिए आप...।"

मगर कामिया ने लगभग झपटा मारकर उसके चेहरे पर चिपकी फ्रेंच कट दाढ़ी और नकली मूँछ खींच ली।

और इससे पहले कि कामिया कोई हंगामा खड़ा कर पाती—नन्हें दौड़ता हुआ कमरे से बाहर निकल गया।

कामिया समझदार थी—जानती थी कि यहाँ हंगामा खड़ा करने का कोई फायदा नहीं और फिर नन्हें तो उसे शरारती लगा था—सिर्फ शरारती—उससे किसी ना किसी तरह दो-चार बात करने का इच्छुक।

अपने गुस्से पर काबू रखकर कामिया फिर मेकअप ठीक करने लगी—प्रोग्राम का समय हो रहा था ना।

मगर दरवाजे पर फिर थपथपाहट हुई थी।

"उफ...। फिर आ गया लगता है...।" बड़बड़ाते हुए झटके से उठ खड़ी हुई कामिया और तीव्रता से दरवाजे के समीप पहुँचते हुए दरवाजा खोल दिया।

बाहर नन्हें के ही हुलिए का एक युवक खड़ा हुआ था—ठीक उसी तरह के लिबास और फ्रेंच कट दाढ़ी में—जिसमें अभी नन्हें यहाँ आया था।

"मिस कामिया मैं टाइम्स का डांस क्रीटिक, मेरा मतलब आलोचक...।"

"शटअप...।" मैं सिखाती हूँ तुम्हें डांस मिस्टर नन्हें...।" कहते हुए कामिया ने तीव्रता से उसकी दाढ़ी नोंच लेनी चाही।

"आई ई ई-ई...।" बुरी तरह से बौखलाया हुआ वह युवक चीख-सा उठा—दाढ़ी नकली होती तो कामिया के हाथ में आती भी—और फिर अगर वह नन्हें होता—तब ना...।

अब कामिया को अपनी भूल का अहसास हुआ, मगर अब तक तो उस बेचारे का हुलिया ही बिगड़ चुका था।

"सॉरी मिस्टर मैं...।"

"नहीं—सॉरी की कोई आवश्यकता नहीं मिस कामिया लाल—आपने जिस शानदार ढंग से मेरा स्वागत किया उसके लिए आपका बहुत-बहुत धन्यवाद—मगर एक बात आप याद रखिएगा—मेरा नाम दीपक है—दीपक खण्डेलवाल—टाइम्स रिपोर्टर—हम अगर किसी को आसमान पर बिठा सकते हैं तो आसमान से पाताल तक भी पहुँचा सकते हैं...।

और कामिया के बार-बार के अनुरोध पर भी वहाँ नहीं रुका था दीपक खण्डेलवाल।

हाँ, कामिया जरूर वहाँ खड़ी रह गयी थी—रोनी-सी सूरत बनाये हुए।

प्रेस रिपोर्टर की नाराजगी के बाद के सम्भावित प्रभावों से परिचित थी वह।

"वाह क्या बात है यार बड़की—क्या बात है तुममें और क्या बात है तेरे चप्पल डॉक्टर की...।"

"देख मँझली तू...।" झल्ला उठी बड़की—"मेरी समझ में नहीं आता कि तुझे और भी कुछ आता है या...।"

"ए बड़की बहना—सच पूछ तो इस वक्त तो तेरी इस छुटकी के दिलो दिमाग में भी सिर्फ एक ही बात है—वाह क्या बात है तेरे चप्पल डॉक्टर में...।" छुटकी ने भी चुहल की।

"तुम लोग डॉक्टर अश्वनी नहीं कह सकते उसे...।"

"हाँ, कह सकते हैं बड़की जी—बिल्कुल कह सकते हैं—मगर सच बात तो ये है कि तेरे ही कहे-सुने के अनुसार हमें तेरा वह अश्वनी डॉक्टर कम और चप्पल डॉक्टर ज्यादा नजर आता है...।"

मँझली हँसते हुए बोली।

"हाँ, मगर वह तो चप्पल का इलाज भी ठीक तरह से नहीं कर पाया—तीन बार ऑपरेशन किया मगर तीनों बार फेल।"

"आखिर में हारकर बेचारे ने तेरे पैर को चप्पल के ऊपर रखकर पैर को चप्पल के साथ पट्टियों से बाँध दिया।"

मँझली ने छुटकी की अधूरी बात को पूरा किया।

"वैसे जहाँ तक मिस छुटकी की समझ का सवाल है—वह चप्पल डॉक्टर चाहे बड़की की चप्पल के सीरियस ऑपरेशन में पूरी तरह से असफल होकर अपने कॅरिअर में हमेशा के लिए अमिट दाग लगा बैठा हो मगर यह भी सच है मी लार्ड कि वह चप्पल डॉक्टर एक असफल सर्जन होने के बावजूद बड़की के दिल में कहीं गहरे...।"

"उफ—तुम लोग भी बस...।" झल्लाकर झटके से उठ खड़ी हुई बड़की—तुम लोगों को तो कोई बात बताना भी अपनी ही कब्र खुदवाने के बराबर है...।"

"और सौ सपाट चेहरे एक चप्पल डॉक्टर के बराबर हैं...।" छुटकी और मँझली दोनों एक साथ बोलीं।

बड़की को यही उचित लगा था कि वह इस कमरे से ही निकल जाय—और उसने यही किया था।

उसके दूसरे कमरे में जाते ही मँझली और छुटकी एक दूसरे की निगाहों-ही-निगाहों में इशारा करके खिलखिला उठी थीं।

और उनकी खिलखिलाहट बड़की के कानों में भी पहुँची थी—मगर...।

नन्हें को कामिया के लिए टाइम्स का आलोचक सी.पी.डिकीवाला बनने पर ही सन्तोष नहीं हुआ था। डिकीवाला के रूप में अपनी पोल खुलने के बावजूद वह तुरन्त ही दूरदर्शन के विपिन बत्रा का रूप धरकर कामिया का इंटरव्यू लेने में कामयाब हो गया मगर जब प्रोग्राम देते वक्त टी.वी. कवरेज की तरफ से दूरदर्शन के वास्तविक व्यक्ति आये तब कामिया ने जाना कि नन्हें उसे एक बार फिर चकमा दे गया।

फिलहाल कामिया का कत्थक नृत्य का प्रोग्राम बेहद सफल रहा और जब कामिया अपने प्रशंसकों से विदा लेने के बाद होटल से बाहर आयी तो उसकी कार का टायर पिचका हुआ था।

"उफ...। टायर को भी अभी पंचर होना था...," झल्ला उठी कामिया।

"ओह–डोंट वरी मिस कामिया–लिव टू मिस्टर नन्हें...," कामिया के करीब से ही उभरा वह स्वर।

झटके के साथ चेहरा घुमाया कामिया ने–नन्हें ही था अपने असली रूप में–बिना किसी मेकअप के।

"ओह यू चीट...।" बिफर-सी उठी कामिया–"मिस्टर नन्हें मैं आपको...।"

"एक मिनट कामिया जी–वन मिनट प्लीज...।" लापरवाही से कन्धे झटकते हुए कामिया की बात को बीच में ही रोकने में सफल हो गया नन्हें।

"ये सब बात तो फुरसत की बातें हैं मिस कामिया–और अभी मिस्टर नाने के पास फुरसत कहाँ है–अभी तो आपकी कार का टायर बदलना है और जाहिर ही है कि ये काम आपके नर्म, मुलायम, कोमल हाथ नहीं कर पाएँगे...।"

"टायर डिकी में है...।" झटके के साथ बोली कामिया–अपने स्वर में रोआब कायम रखते हुए ही।

"ओह–डोंट वरी मिस कामिया–मिस्टर डिकीवाला जानते हैं कि टायर हमेशा डिकी में ही मिलता है...।"

"टायर नहीं स्टेपनी...।" कामिया ने नन्हें की बात में संशोधन किया–झल्लाये हुए अन्दाज में।

"एक ही बात है मिस कामिया–एक ही बात है...।"

"ठीक उसी तरह ना–जिस तरह नन्हें–डिकीवाला–विपिन बत्रा और प्रोफेसर नाने होना एक ही बात है...।"

"वाह–आप तो यकीनन बेहद समझदार हैं...।"

बातों के बीच में ही नन्हें ने कार का टायर बदल दिया और फिर फ्लैट हुए टायर को वापिस डिकी में रखकर कामिया के सामने आ खड़ा हुआ।

कामिया अभी तक नन्हें की चुस्ती-फुर्ती बड़े गौर से देखती रही थी।

"आपकी कार तो एक बार फिर फ्लाइट लेने के लिए तैयार हो गयी है मिस कामिया–हाँ तो आइए फिर नाटक के शेष भाग को आगे बढ़ाएँ...।"

"नाटक का शेष भाग...।"

"जी हाँ मिस कामिया–कहानी तो पूरी करनी ही होगी ना–नहीं तो दर्शक नाराज हो जाएँगे...। वैसे मैं आगे की शूटिंग से पहले आपको कुछ पिछले सीन याद करा दूँ...।" कहते हुए अपने गले को साफ करने का अभिनय किया नन्हें ने और फिर आगे कहना शुरू किया–"हाँ तो मिस कामिया–मिस्टर नन्हें सबसे पहले आपसे टाइम्स के रिपोर्टर के रूप में मिले और उसके तुरन्त बाद आपकी

सेवा में टी.वी. कवरेज के स्थान पर वीडियो कवरेज के लिए हाजिर हो गये—इन दोनों सिचुएशन में अन्तर रहा तो सिर्फ इतना ही कि दूसरी बार आप मिस्टर नन्हें को पहचान नहीं सकीं—और जब पहचाना तब बहुत देर हो चुकी थी—वैसे आपके मायूस होने का कोई विशेष कारण नहीं है—आप जैसे भी चाहें—मिस्टर नन्हें यानि प्रोफेसर नन्हें को सजा दे सकती हैं—यकीन जानिए—आपके हुक्म की तामील की जाएगी मोहतरमा... ।"

कहते हुए नन्हें ने कामिया के सामने अपराधी मुद्रा में सिर झुका दिया।

बरबस ही मुस्करा उठी कामिया—"आप आदमी दिलचस्प हैं मिस्टर नाने... ।"

"थैंक्स-थैंक्स मिस कामिया—चलिए आपको कोई तो बात पसन्द आयी हमारी—वैसे आपका ही नहीं अपने सभी चाहने वालों का अपने बारे में यही खयाल है—हाँ तो आपसे फिर कब मुलाकात की उम्मीद की जा सकती... ।"

"अगर मैं ना कहूँ तब... ।" कामिया ने शोख निगाहों से नन्हें की तरफ देखा।

"तब क्या...! हमारे धैर्य का कोई जवाब नहीं मिस कामिया—हम आपकी हाँ का इन्तजार करेंगे... ।"

"कब तक... ।"

"हफ्ते-महीने-साल-सौ साल-जन्मों तक जन्म-जन्मान्तरों तक... ।" शायराना हो उठा नन्हें का स्वर।

"चलिए—देखते हैं... ।" फिलहाल तो अभी आपको मेरी कार में हल्का-सा धक्का लगाना पड़ेगा—कार की बैटरी थोड़ी डाउन है ना—इसीलिए...प्लीज मिस्टर नन्हें... ।"

"ओह डोंट वरी मिस कामिया—लिव इट टू मिस्टर नन्हें... ।" नन्हें ने दरियादिली दिखायी।

कामिया कुछ सोचकर मुस्कराती हुई कार में बैठ गयी।

वास्तव में नन्हें के हल्के-से धक्के से ही कार स्टार्ट हो गयी और इससे पहले कि नन्हें कुछ सोच समझ पाता—कामिया ने फुर्ती से कार को गेयर में डालते हुए झटके के साथ आगे बढ़ा दिया—तीव्रता से।

"कामिया—मिस कामिया!"

मगर नन्हें की आवाज तो जैसे कामिया के कानों तक पहुँची ही नहीं—उत्तर में बस कामिया का हाथ ही हिला था।

और कार देखते-ही-देखते दूर होती चली गयी थी।

"उफ... ।" दोनों हाथों से सिर को थामते हुए एक कार के बोनट पर माथा टिका दिया उसने—आगे झुकते हुए।

और फिर चन्द क्षणों के बाद स्वयं ही चेहरा उठाया था उसने और अपनी मायूसी से स्वयं ही उबरते हुए मुस्करा उठा था—यही तो खास आदत थी उसकी—बड़ी-से-बड़ी बात को हँसकर उड़ा देता था।

"हाय बवींजा सत्वींजा...।" कामिया के कार के नम्बर को ही रटता हुआ पैदल ही आगे बढ़ गया—चौराहे पर खड़े होकर किसी से लिफ्ट लेने की सोच के साथ।

और फिर कुछ ही समय के बाद किसी की मोटरसाईकल के पीछे बैठा हुआ जनता कालोनी की तरफ जाने वाली मेन रोड की तरफ तीव्रता से बढ़ रहा था।

"ट्रेन का समय हो रहा है बेटा अश्वनी—हमारे विचार से तो अब हमें निकलना ही चाहिए भाई दिल्ली है ये—हर चीज घर से मीलों दूर मिलती है—स्टेशन पहुँचने में काफी वक्त लग जाएगा...।" छोटी-सी बात को लम्बा खींचा जटाशंकर जी ने।

"मैं तो अभी भी यही कह रहा हूँ चाचा जी—आप कुछ दिन यहीं रुकिए—थोड़ा हवा पानी भी बदल जाएगा...।" अश्वनी ने उन्हें समझाना चाहा।

जटाशंकर जी को चाचा जी कहकर सम्बोधित करता था अश्वनी—वैसे तो बचपन में ही अनाथ हो गया था वह—तब उसके लालन-पालन की सारी जिम्मेदारी जटाशंकर जी ने अपने ऊपर ही ले ली थी—अश्वनी तो पिता का दर्जा देता था उन्हें।

"नहीं अश्वनी—इस शहर में थोड़े दिन रुकने से हमारा हवा पानी ही नहीं—हम भी बदल जाएँगे...।"

"मैं...मैं समझा नहीं चाचा जी...।" अश्वनी ने जटाशंकर जी की तरफ देखते हुए हैरत भरे स्वर में पूछा।

"इसमें समझने ना समझने की बात ही क्या है बेटे—हमने तो जो देखा-भुगता है—उसी की बता रहे हैं...।"

खामोश रहा अश्वनी—चाचा जी को ही आगे कुछ कहने देने के लिए।

"हम तो आये थे बेटा—तुम्हारे लिए लड़की देखने के लिए—सोचा था कि तुम्हारी शादी करके इस आखिरी जिम्मेदारी से भी मुक्त हो जाएँ—उम्र बहुत हो गयी है ना—जिन्दगी का क्या भरोसा...।" एक गहरी साँस ली उन्होंने।

"चाचा जी आप...।"

मगर जटाशंकर जी अपने ही आप में खोये हुए कहते ही रहे—

"कुछ लड़कियों के नाम-पते साथ में लाया था—यहाँ आते ही तुमसे भी मिलने से पहले उन लड़कियों के घरों में गया—अधिकतर तो काफी अमीर थे तो एकाध गरीब घर का भी—और फिर हमें अमीर-गरीब से क्या लेना-देना—हमें तो तेरे लिए बहू की तलाश थी—ऐसी बहू जो घर सँभाल सके—तुझे सँभाल सके—मगर जो भी देखी वह पहली से बढ़कर ही देखी...।"

अपने आपको खामोश रखते हुए मुस्करा उठा डॉक्टर अश्वनी–चाचा जी तो दिल्ली भर की लड़कियों से खफा नजर आते थे।

"एक यह जानना चाहती थी कि तू खाली वक्त में हॉस्पिटल से चोरी-छिपे प्राइवेट प्रैक्टिस क्यों नहीं करता–उसके स्टेटस को बनाये भी रख पायेगा या नहीं–उसके अमीर पिता तेरे लिए एक हॉस्पिटल खुलवा देने की बात कर रहे थे–तेरी नहीं उन्हें अपनी बेटी की चिन्ता थी। दूसरी पहले इस शर्त को मनवा लेना चाहती थी कि तू हमेशा ही इसी तरह अकेला रहेगा–सास-ससुर की खटपट स्वीकार नहीं थी उसे–और एक थी जनता कॉलोनी की दबंग लड़की...।"

"जनता कॉलोनी की लड़की...।"

"हाँ, जनता कॉलोनी में ही रहता है उसका परिवार–परिवार वाले तो देखने भालने में अच्छे लग रहे थे मगर वह...।"

"क्यों–वहाँ ऐसी क्या खास बात हो गयी चाचा जी–जो आप इस तरह।"

"उसे डर था कि हम शादी के बाद उसे सताकर आग में जिन्दा जला डालेंगे...।"

"क्या...।" बुरी तरह से चौंका अश्वनी–"ये-ये आप क्या कह रहे हैं चाचा जी...।"

"जो भोगा–वही कह रहा हूँ बेटे अश्वनी–मैंने तो उन्हें साफ-साफ ही कह दिया था कि हमें दहेज का कोई लालच नहीं, बस हमें तो सिर्फ अच्छी बहू चाहिए–हाँ, बस विवाह के समय लड़के की हैसियत का खयाल रखा जाए, जिससे लड़के ने समाज में जो इज्जत बनायी है–वह बनी रहे–बस इस हैसियत की बात से ही बिफर उठी वह। बोली–जो रिश्ता आज हैसियत की बात को लेकर शुरू हो रहा है–वह रिश्ता कल बहू को सताने या आग में जिन्दा जला देने पर खत्म होगा...।"

"ओह...।" मुस्करा उठा अश्वनी–"चाचा जी जहाँ तक मैं सोचता हूँ–इसमें उस बेचारी का भी कोई दोष नहीं...।"

"क्या मतलब...।" जटाशंकर जी की निगाहें अश्वनी के चेहरे पर जम-सी गयीं।

"मतलब यह है चाचा जी, दहेज और हैसियत शब्द साथ-साथ आ जाने पर वह लड़की हैसियत शब्द का गलत अर्थ लगा बैठी...।"

"मगर हमने तो साफ-साफ कह दिया था कि हम लम्बे-चौड़े लेन-देन के खिलाफ हैं...।"

"जानता हूँ चाचा जी–आपने यह बात दिल से कही, मगर अधिकांश दहेज

के लालची लोग इस बात को दिखावे के तौर पर इस्तेमाल किया करते हैं और साथ ही में हैसियत की शर्त लगाकर अपने मन की बात भी कह देते हैं...।"

खामोश रहे जटाशंकर जी–डॉक्टर अश्वनी की दलील पर विचार करते हुए।

"आपके ही कहे अनुसार वह लड़की गरीब घर की है–गरीब परिवार की लड़की को विवाह के समय अक्सर दहेज की समस्या का सामना करना पड़ता है–उस बेचारी ने भी इस समस्या को लम्बा सहा होगा–उनके विवाह के लिए आये कोई प्रस्ताव इसी दहेज के कारण टूट गये होंगे...।"

"हाँ–उसके पिता जी यही सफाई पेश कर रहे थे...।"

"सफाई नहीं चाचा जी–वह सच ही बोल रहे होंगे–आपकी बात का चाहे उसने गलत ही अर्थ लगाया, मगर उसके साथ उसके पुराने अनुभव जुड़े रहे होंगे–तभी अपने आप पर काबू नहीं रख सकी होगी वह–सोचा होगा–दूसरे दो टूक कर गये–आप वही बात हैसियत की आड़ लेकर कर रहे हैं...।"

"एक बात पूछें अश्वनी बेटा...?"

"हाँ-हाँ चाचा जी–पूछिए ना...।"

"तू उस लड़की की इतनी तरफदारी क्यों कर रहा है बेटे...?"

"मैं...। मैं भला किसी की तरफदारी क्यों करने लगा चाचा जी–मैंने तो आपसे जो कुछ सुना और जितना मेरी जिन्दगी का अनुभव है–मैं तो उसी बिना पर बोल रहा हूँ।"

"अगर तू उसे जानता और चाहता हो बेटे तो अभी भी बता दे हमें–हम तेरे रास्ते में आड़े नहीं आएँगे...।"

"नहीं चाचा जी–मैं उसे कैसे जानने लगा भला–मैंने तो उस अनामिका को देखा तक नहीं–और अगर देखा भी होता तो जो लड़की मेरे चाचा जी को पसन्द नहीं–वह भला मुझे कैसे पसन्द हो सकती है...।"

"तूने तो हमें सोच में ही डाल दिया बेटे...।" सोचों से उबरते हुए मुस्करा उठे जटाशंकर जी–"हाँ तो अब चला जाए बेटे...।"

"यानि जाने की बात अभी भी भूले नहीं आप–जाना जरूरी है क्या...?"

"नहीं–जरूरी तो नहीं अश्वनी बेटे–मगर अब यहाँ जी नहीं लगेगा हमारा–तुझे देख मिल लिये इतना ही बहुत नहीं है क्या...?"

"ठीक है–जैसा आप उचित समझें– जानता हूँ आप करते वही हैं–जो ठान लेते हैं, मगर कुछ खा लेते तो...।"

"तू जानता ही है बेटे–आज व्रत है हमारा–एक वक्त जो फलाहार लेना था–वह ले चुके हम–हाँ, हम किसी आटो रिक्शा पर ही निकल जाते हैं स्टेशन के

लिए–तू आराम कर बेटा...।"

"ऐसा कभी हो सकता है चाचा जी...और मैं भी यहाँ खाली पड़ा बोर ही होऊँगा...।"

"हाँ, हम जानते हैं बेटे–तुम मानोगे नहीं–तुम हमें स्टेशन पर छोड़ने ही नहीं जाओगे बल्कि उस समय तक प्लेटफार्म पर भी खड़े रहोगे–जब तक हमारी गाड़ी तुम्हारी आँखों से ओझल नहीं हो जाएगी–यह भी जानते हैं हम– उस वक्त तक हाथ हिलाते रहोगे तुम...।" कहते हुए जाने कहाँ खो गये जटाशंकर जी।

भावनाओं के सागर में डूबता उतराता हुआ अश्वनी अगर कुछ कह सका तो बस इतना ही "इस दुनिया में आपके सिवा मेरा है ही कौन...।" आदर और श्रद्धा में डूबा हुआ स्वर।

और जटाशंकर जी ने उसके कन्धे पर हाथ टिका दिया–स्नेह से भरा हाथ–ऐसे जैसे आशीर्वाद दे रहे हों उसे।

रज्जो के इस बार भी लड़की हुई है...।

पहली-दूसरी-तीसरी-और अब चौथी लड़की।

एक बार फिर बाजी हार गया राम अंजोर।

चिन्ता का मुख्य विषय यह नहीं था कि रज्जो ने चौथी बार भी लड़की को ही जन्म दिया–चिन्ता की बात यह थी कि राम अंजोर लड़के की चाह में एक बार फिर कोशिश करेगा।

लड़के को जन्म देने की कोशिश।

और ये कोशिश न जाने कब खत्म होगी।

होगी भी या नहीं...।

यही सोच तो रज्जो के जिस्म के रोम-रोम में सिहरन पैदा कर रही थी। पति के स्वाभाव से अच्छी तरह से परिचित थी रज्जो–और अब तो डॉक्टर अर्पणा भी स्थिति की गम्भीरता पूरी तरह से जान-समझ गयी थीं–तभी तो राम अंजोर को समझाने की अपनी तरफ से पूरी-पूरी कोशिश करती रही थीं–मगर राम अंजोर को समझाना आसान नहीं था।

"देखिये राम अंजोर जी–आप हमारी बात को समझने की कोशिश कीजिए–रज्जो की सेहत अब इस लायक नहीं रही कि अब...।"

"बस डॉक्टरनी साहिबा बस बहुत लेक्चर हो चुका–हम भी इतने बेवकूफ नहीं हैं–सब समझते हैं हम भी–आपको नसबन्दी के ऑपरेशनों का कोटा पूरा करना होता होगा ना–तभी तो और कोई नहीं मिला तो हमारी बीवी को ही फँसा लिया

आपने—और वह कमबख्त भी आपकी बातों में आ गयी...।"

"देखिए राम अंजोर जी—आप हम पर झूठा इल्जाम लगा रहे हैं—हम आपके परिवार को खुश देखना चाहते हैं—आपको सुखी बनाने के लिए आपकी मदद करना चाहते हैं और...।"

"और वह मदद नसबन्दी से मिलती है—सौ-सवा सौ रुपये का ईनाम मिलता है नसबन्दी करवाने में और ये सौ-सवा सौ रुपये परिवार को खुशहाल बना देते हैं—यही ना...।"

"नहीं, बिल्कुल गलत सोचा है आपने—नसबन्दी सौ-सवा सौ रुपयों के लिए नहीं बल्कि बढ़ते हुए परिवार पर रोक लगाने के लिए करवायी जाती है—और 'छोटा परिवार सुखी परिवार' का नारा तो आपने सुना ही होगा...।"

"नहीं—इन्होंने अभी तक ना कुछ देखा है और ना ही कुछ सुना है—मगर अब ये सब कुछ देख भी लेंगे और सुन भी लेंगे...।" रज्जो बीच में ही बोल उठी थी।

"रज्जो तुम...।"

"ठीक कह रही हूँ दीदी—इस तरह घिसट-घिसटकर जीने से तो मर ही जाना अच्छा है—एक दिन यही होगा कि या तो किसी दिन गले में फाँसी लगा लूँगी या फिर रेलगाड़ी के सामने खड़ी हो जाऊँगी—तभी अपने आप सब कुछ जान जाएँगे ये...।" भारी हो उठा रज्जो का स्वर—पलकों पर आँसू थिरक उठे।

राम अंजोर सन्नाटे की-सी हालत में रज्जो की तरफ देखता रह गया।

एक बेचारा लल्लू...।

सेवन हंड्रेड डैश थर्टीन हंड्रेड वाला इंटरव्यू आज ही था ना—इसीलिए पसीने छूटे हुए थे—ना आकर्षक व्यक्तित्व और ना ही इतना दिमाग की वह इंटरव्यू में पास हो सके, मगर फिर भी उसे विश्वास था कि वह इंटरव्यू लेने वालों को पहली ही निगाह में फेल कर देगा।

उसकी इस सोच के कारण ही कई थे।

पिछले कई दिन से दण्ड-बैठक लगा रहा था—इसलिए कि उसके व्यक्तित्व में निखार आ सके, ढीला-ढाला जिस्म गठीला बन सके। शीर्षासन करता रहा था—इसलिए कि उसके मस्तिष्क में सही रक्त संचार हो सके और छोटे से भेजे में अधिक से अधिक बातें समा सकें।

वैसे उसकी जनरल नालिज बढ़ाने में अगर पढ़ाकू छुटकी ने पूरा सहयोग दिया था तो नन्हें ने उसके व्यक्तित्व में निखार लाने में अपना पूरा-पूरा सहयोग दिया था।

यह बात अलग थी कि किसी का सहयोग भी लल्लू के लिए कारगर नहीं साबित हो सका—क्योंकि लल्लू तो बेचारा लल्लू ही था ना...।

इंटरव्यू के लिए नम्बर आने पर केबिन में घुसा था—बुरी तरह से बदहवास सा—दौड़ते हुए कदमों से—ऐसे जैसे कोई वापिस ही पीछे ना खींच ले, हड़बड़ाया हुआ था इसीलिए लड़खड़ाया भी और जब अन्दर आ चुका तब...।

"मी आई कम इन सर...।"

"आप आ तो चुके ही हैं—मगर फिर भी आइए...।" इंटरव्यू लेने के लिए बैठा एक सदस्य मुस्कराते हुए बोला था—वैसे तो लल्लू हर एक के निगाह में आ ही चुका था—अपनी इस शानदार एंट्री के कारण।

"थैंक्स सर—थैंक्स मैडम—वैरी वैरी थैंक्स...।"

"बैठिए मिस्टर एल. प्रसाद...।" महिला सदस्य ने प्रत्यक्ष में तो अनुरोध-सा ही किया।

"नो—थैंक्स—आई एम गुड इन स्टैंडिंग...। वो क्या है कि दादा जी ने आई मीन हमारे ग्रांड फादर ने बचपन से ही सिखाया हुआ है कि बड़ों के सामने बैठा नहीं जाता और फिर आप सब तो इस वक्त मेरे लिए दुनिया में ही सबसे बड़े हो—सेवन हंड्रेड डैश थर्टिन हैंड्रेड वाला केस है ना...। हाँ-हाँ—मैं कुछ ज्यादा ही बोल गया दिखता हूँ—छुटकी और नन्हें दोनों ने ही समझाया था कि इंटरव्यू के वक्त ज्यादा मत बोलना...।"

"नहीं नहीं—आप ज्यादा कहाँ बोले हैं...इतना तो बोलना ही पड़ता है ना...।"

महिला सदस्या मुस्कराते हुए ही बोली।

"ओह—जी फिर ठीक है—थैंक्यू मैडम...।" लल्लू ने जैसे चैन की साँस ली।

संयोग से उसी वक्त चपरासी साक्षात्कार लेने वाले सदस्यों के लिए चाय ले आया—लल्लू से पूछना तो मात्र एक औपचारिकता को ही पूरा करना था मगर...।

"आप चाय पीना पसन्द करेंगे मिस्टर एल प्रसाद...।" महिला सदस्या ने ही पूछा—सम्भवत उसे ही लल्लू का भोला-भाला अन्दाज अधिक पसन्द आ रहा था।

"नो मैडम—नो टी...। वो क्या है जी—जब चाय और दूध दोनों ही सामने पड़े हों तो मैं दूध ही पीना पसन्द करता हूँ—सेहत भी बनती है और दिमाग भी तर रहता है।" और इससे पहले कि कोई कुछ सोच-समझ पाता—लल्लू यानि एल. प्रसाद ने ट्रे में रखा मिल्क पॉट उठाकर मुँह से लगा लिया।

किसी से कुछ कहते ही नहीं बना।

अस यही शुरुआत थी उल्लू के इंटरव्यू की।

और जिस हिसाब से उसने इंटरव्यू की शुरुआत की उसी हिसाब से इंटरव्यू में पूछे गये सवालों का उल्टा-सीधा जवाब देने के बाद लल्लू जब केबिन से बाहर निकला तो बहुत खुश था—बेहद खुश।

उसकी निगाहों में कारण तो स्पष्ट था—उसके हर जवाब पर इंटरव्यू के लिए सदस्यगण मुस्कराते रहे थे और वह यह समझता रहा था कि सभी उससे खुश हैं—बेहद खुश—अपनी टूटी-फूटी अंग्रेजी उसे किसी अंग्रेज से भी बढ़िया नजर आती थी और इंटरव्यू के दौरान भी वह अंग्रेजी की टाँग पूरे अधिकार के साथ तोड़ता रहा था। अपना इम्प्रेशन जमाना था ना।

काश वास्तविकता को जान पाता वह।

बेचारा लल्लू।

"माँ-माँ-माँ।" आवश्यकता से अधिक उत्तेजित लल्लू न तीव्रता से माँ भागवन्ती के चरण छू लिये।

"अरे—क्या बात हे रे लल्लू—कहीं से तेरी कोई लाटरी निकल आयी क्या...?"

भागवन्ती हैरान हो गयी थी—परेशान तो पहले से ही थी—बड़की को लेकर...।

"बस लाटरी ही निकल आयी समझो माँ—सेवन हंड्रेड डैश थर्टिन हंड्रैड की लाटरी—क्या कमाल कर इंटरव्यू दिया है तेरे बेटे ने—सब-के-सब फ्लैट हो गये।"

"मगर लल्लू...।"

"देखो माँ—अब तू ये लल्लू तो कहा मत कर—जब तू ही कहेगी तो वहाँ का चपरासी तक कहा करेगा मुझे लल्लू...।" नाउ, आई एम मिस्टर एल. प्रसाद डीयर मदर...एण्ड-एण्ड," कहते हुए आगे की अंग्रेजी ना आने के कारण हिन्दी में उतर आया।

"चिन्ता मत कर माँ—अब तेरा लल्लू ऑफिसर बनने जा रहा है—टू सरवेंट आगे और फौर सरवेंट पीछे—अब तेरे सारे दुःख दूर—बस अब तो तू लल्लू के आसरे बैठकर राज कर राज...।"

"तेरी माँ तो जब से इस घर में आयी—तब से ही राज कर रही है रे लल्लू—हाँ, रही मेरे दुःख दूर करने की बात—तो बेटे जब से तेरी माँ इस दुनिया में आयी—तब से उसके दामन में दुःख ही दुःख बँधते चले गये—मेरे नसीब की पोटली में तो दुःख-ही-दुःख लगते हैं—तुम सब खुश रहो बस—फिर तो मेरा हर दुःख सुख में बदल जाएगा...।"

और भागवन्ती अपने अन्दर के आवेश को ना सँभाल पाने के कारण तीव्रता से रसोई-घर में चली गयी—यह रसोई घर तो उसके हर सुख का, हर दुःख का साथी था। सुख और दुःख दोनों के ही अहसास को यहीं भोगती थी वह।

हकबकाया-सा लल्लू मुँह खोले हुए वहीं खड़ा रहा—सोचा तो था कि इंटरव्यू में उसकी इस शानदार कामयाबी पर घर का हर सदस्य खुश होगा—सब उसे हाथों पर उठा लेंगे मगर घर में प्रवेश करने पर ऐसा कुछ भी नहीं हुआ था—हर चेहरे में अपनी ही एक अलग समस्या दिखी थीं उसे—पिता बसेसर राम परेशान थे—दादा जी परेशान थे—दादी परेशान थी ना जाने क्यूँ...।

बस एक माँ बची थी—सोचा था उसी के ऊपर अपनी कामयाबी का झण्डा गाड़ दे, मगर नहीं—वह भी नसीब की पोटली में दुःख-ही-दुःख भरे होने की बात कहकर रसोई में जा घुसी थी।

"बेचारा लल्लू...।" यही बड़बड़ाया था लल्लू और फिर घर की समस्या में वह भी शामिल हो गया था।

समस्या बड़की को लेकर थी—अपनी जिद पर अड़ जो गयी थी वह—अधेड़ उम्र के व्यक्ति महेन्द्र से विवाह करने से इनकार करके अपने अस्तित्व को बनाये रखने की बात को लेकर यह नयी कहानी यहाँ से प्रारम्भ हुई थी।

सन्तो ने बड़की के लिए रिश्ते के ही महेन्द्र का नाम सुझाया था, सुझाया ही नहीं था बल्कि यह रिश्ता कर ही डालने की बात पर जोर दिया था।

सन्तो...। बच्चों के लिए सन्तो चाची और बसेसर राम के लिए सन्तो भाभी। बसेसर राम को चाहे हर एक की बात गलत लगे मगर सन्तो भाभी की बात हमेशा सही लगती थी—विशेष स्नेह, प्यार था ना देवर भाभी में—जब बसेसर राम के लिए नशे पानी का इन्तजाम कहीं से भी नहीं हो पाता था, यह इन्तजाम सन्तो कर देती थी—सन्तो भाभी।

जनता कालोनी का यह एल आई जी फ्लैट भी सन्तो का ही था—परिवार के सदस्यों के लिए सन्तो से दबे रहने का एक विशेष कारण यह भी था कि कहीं सन्तो अपना मकान ही ना खाली करवा ले।

दिल्ली जैसे महानगर में इतने बड़े परिवार के लिए उचित किराये पर मकान मिल पाना एक बहुत बड़ी समस्या थी। सन्तो द्वारा बड़की के लिए सुझाया गया महेन्द्र ना केवल उम्र का ही अधेड़ था, अपितु विधुर भी था—पहली पत्नी उसके पास तीन बच्चे छोड़कर मरी थी।

बसेसर राम को इन सब बातों की परवाह नहीं थी। सबसे बड़ी बात तो यह थी कि यह रिश्ता सन्तो भाभी ने सुझाया था—और फिर महेन्द्र भी उन्हें काफी खाते

पीते घर का नजर आया—वैसे खाता-पीता घर तो बसेसर राम को वही नजर आता था—जो उनके लिए नशे पानी का बढ़िया इन्तजाम कर दे—उन्हें उनका मनपसन्द टिक्का कबाब खिला दे और सन्तो बसेसर राम की इन सब कमजोरियों से अच्छी तरह से परिचित थी—तभी तो महेन्द्र ने यह सब शर्तें बहुत अच्छे ढंग से पूरी कर दीं—बसेसर राम के मन में अपना एक स्थान बना लिया था और बसेसर राम यह बात भूल गया था कि महेन्द्र की पहली पत्नी जलकर मरी थी और उसके मरने पर शक महेन्द्र पर गया था।

फिलहाल इन सब बातों को बड़ी लापरवाही से नजरअन्दाज़ करते हुए उन्होंने सन्तो भाभी और महेन्द्र को अपने घर आने का आमंत्रण दिया था—जिससे कि महेन्द्र उनकी बड़की को देख पसन्द कर सके।

बड़की अब पहले वाली बड़की नहीं रही थी कि अच्छी-बुरी हर बात को सिर झुकाकर स्वीकार कर ले—जब से अश्वनी से मिली थी वह—उसके अन्दर एक नये आत्मविश्वास ने जन्म लिया था।

इस रिश्ते का भरसक विरोध किया था बड़की ने—वैसे तो इस रिश्ते के पक्ष में बसेसर राम और उनकी माँ इमरती देवी यानि कि बड़की की दादी जी को छोड़कर और कोई भी नहीं था। दादी जी और बसेसर राम का स्वभाव एक-सा ही था ना—इसीलिए।

भागवन्ती का सिर तो सदा ही झुका रहा था—जुबान हमेशा ही बन्द रही थी—विरोध कर सकती थी मगर बड़े ही दबे स्वर में—और ऐसा विरोध ना के बराबर ही था।

आखिरकार सन्तो और महेन्द्र बड़की को देखने घर आ ही गये थे—मगर बड़की तो जैसे फैसला ही कर चुकी थी कि वह इस अन्याय को और नहीं सहेगी—अपने अधिकारों के लिए उसे लड़ना ही होगा—अपने आपसे—अपने परिवार से—सारे समाज से—लड़ना ही होगा उसे।

और इसी सोच के साथ वह किसी को बिना बताये ही घर से निकल गयी थी—महेन्द्र और सन्तो इन्तजार ही करते रह गये थे कि कब बड़की यानि गुणवन्ती दुल्हन की तरह सजी-धजी उनके सामने आकर बैठेगी और कहाँ बड़की ने एक नये युद्ध का श्रीगणेश कर दिया था।

बसेसर राम और भागवन्ती दोनों ही बड़की को घर में ना देखकर हतप्रभ रह गये थे—मगर बसेसर ने बड़ी ही होशियारी से बात को सँभाल लिया था।

और दूसरी तरफ बड़की जा पहुँची थी—बहन जी के कार्यालय में।

बहन जी का कार्यालय...।

बहन जी का यह कार्यालय कार्यालय तो क्या था—शरणगाह थी—समाज के हाथों सतायी गयी नारियों की शरणगाह। एक नहीं कितनी की बहन जी कार्य करती थीं यहाँ यह संस्था सतायी गयी नारियों का शरण, सलाह और कानूनी सहायता ही नहीं देती थी—कुछ कर दिखाने की आकांक्षा रखने वाली नारियों को रोजगार के अच्छे अवसर भी देती थी, यहाँ तक कि संस्था के नियमों का पालन करते हुए स्वरोजगार के अवसर भी।

सुमित्रा बहन समस्याओं के समाधान के लिए थी और श्याम लता बहन कानूनी सलाह के लिए।

बड़की की समस्या का समाधान सुमित्रा बहन के पास था और उन्होंने बड़की को समझाया भी था।

"सुमित्रा बहन जी मैं...।"

"बस रहने दो गुणवन्ती—तुम्हारी समस्या को पूरी तरह से समझ गयी हूँ मैं...।"

बड़की खामोश ही रही—सुमित्रा बहन के ही आगे कुछ कहने के इन्तजार में।

"तुम्हारी समस्या गम्भीर तो है गुणवन्ती, मगर ऐसी गम्भीर भी नहीं कि हल ही ना निकल सके—हल तुम खुद ही निकाल सकती हो—अपने आप ही—बिना किसी की सहायता के।"

"बताइए—मुझे क्या करना होगा बहन जी...।" झुका हुआ चेहरा उठाया बड़की ने।

"जिस तरह की हिम्मत आज दिखायी है—वही हिम्मत हमेशा अपने अन्दर कायम रखनी होगी, ये तो तुम्हारी जंग का प्रारम्भ है—इसी जंग को आगे भी जारी रखना होगा...।"

"आप मेरे परिवार से परिचित नहीं हैं सुमित्रा बहन जी तभी...।"

"देखो गुणवन्ती—यह मत भूलो कि मुड़ना तो आखिर लोहे को भी पड़ता है—ऊपर से कितना कठोर दिखता है वह...।"

"मगर...।"

"इस मगर को ही अपने अन्दर से हटा दो बड़की—हर समस्या का समाधान अपने आप ही हो जाएगा। याद रखो कि कुछ भी असम्भव नहीं—और तुम्हारी समस्या का एक अहम् कारण तुम्हारा घर पर खाली रहना भी है...।"

"नहीं—घर पर खाली तो नहीं रहती मैं—कढ़ाई-बुनाई कुछ ना कुछ तो...।"

"घर का एक सीमित दायरा होता है गुणवन्ती—अगर तुम्हारे हाथ में कला है तो उसे यहाँ और भी अच्छी तरह से प्रयोग कर सकती हो—तुम्हारे साथ-साथ तुम्हारे साथ लगी तुम्हारी और बहनों का भी भला होगा—और जब खुद कमाओगी—अपने

पैरों पर खुद खड़ी हो जाओगी तो घरवालों की निगाहों में खटकोगी भी नहीं...।"

"मगर मेरे घर वाले शायद मेरे यहाँ काम करने पर एतराज करें...।"

"तुम काम करना चाहती हो गुणवन्ती—और काम कोई पाप तो नहीं—अपने निर्णय खुद भी लेने का पूरा-पूरा अधिकार है तुम्हें—एक बार हिम्मत करोगी तो हर रास्ता खुद-ब-खुद आसान होता नजर आएगा—वैसे हर फैसला तुम्हारे अपने हाथ में है—हम अपनी सोचों को लादना नहीं चाहते तुम्हारे ऊपर—वैसे अगर तुम्हारी समस्या ने ज्यादा गम्भीर रूप धारण किया तो हम खुद तुम्हारे परिवार वालों से बात करेंगे—विशेषकर तुम्हारे पिताजी से—अब जब तुम हमारे पास आयी हो तो चिन्ता की कोई भी बात नहीं—हमारा विश्वास, रखो हम पूरी कोशिश करेंगे...।"

और सुमित्रा बहन के इस अपनेपन के कारण ही बड़की की आँखें भीगती चली गयीं...इतना स्नेह-प्यार—अपनापन तो अपने घर में भी नहीं मिला था उसे।

बहन जी के कार्यालय से बाहर निकली ही थी बड़की कि उसे देखकर उधर से ही गुजरते एक मोटरसाईकल सवार का पाँव मोटरसाईकल के ब्रेक पर दब गया।

मोटरसाईकल बड़की के करीब ही रुकी।

सवार कोई और नहीं—अश्वनी था—डॉक्टर अश्वनी।

इस तरह सड़क पर खड़े होकर बातें करना बड़ा अजीब-सा था बड़की के लिए और इसीलिए जब अश्वनी ने एक-एक कप काफी के लिए आग्रह किया तो इनकार नहीं कर सकी बड़की।

एक तो अश्वनी पेशे से डॉक्टर था—दूसरा चेहरे पढ़ने का अनुभव भी था उसके पास—बड़की की परेशानी भरी मुद्रा—उदास चेहरा—बहन जी के कार्यालय में आना—अश्वनी ने बड़की को जरा-सा कुरेदा तो वह अश्वनी को अपना एक अच्छा मित्र और शुभ-चिन्तक समझकर सब कुछ बताती चली गयी।

अश्वनी खामोशी से सुनता रहा था सब कुछ—चेहरे की गम्भीरता बढ़ती चली गयी थी।

और जब बड़की कह चुकी थी तो एक अजीब-सी खामोशी छा गयी थी वहाँ।

आखिर इस खामोशी को अश्वनी ने ही तोड़ा।

"एक बात कहूँ गुणवन्ती जी...।"

उत्तर में बड़की ने खामोशी से सिर्फ चेहरा ही उठाया—निगाहें अश्वनी के चेहरे पर जा टिकीं।

"कल की गुणवन्ती और आज की गुणवन्ती में जमीन आसमान का अन्तर दिखाई दे रहा है मुझे।"

"अश्वनी जी आप...!"

"सच कह रहा हूँ गुणवन्ती जी—आप तो दो ही दिन में बिल्कुल बदल गयीं...।"

"आपके बताये हुए रास्ते पर चलने की ही तो कोशिश कर रही हूँ मैं...।" सकुचाया हुआ मगर श्रद्धा से भरा हुआ था बड़की का स्वर।

"ना ना—मुझे इतना महान् मत बनाइए गुणवन्ती जी—मैं तो एक साधारण-सा इनसान हूँ, मेरी राय आपके काम आ सकी—मेरे लिए तो यह गौरव की बात है—काश मैं भी आपके किसी काम आ पाता...।"

"आऽ...प...।"

"यकीन जानिए—बिल्कुल नाकारा नहीं हूँ मैं...।" शरारत थी अश्वनी के स्वर में।

"नहीं नहीं—कैसी बात करते हैं आप...।" झेंप-सी गयी बड़की...।

और फिर दोनों ही हँस पड़े थे। अश्वनी की बातों से बड़की के अन्दर समायी हुई उदासी काफी हद तक कम होती चली गयी थी।

"मैं तो सोच रही थी कि मैंने कहीं कोई गलत कदम तो नहीं उठा लिया...।" सोचते हुए बोली बड़की—इस तरह घर छोड़कर बहन जी के कार्यालय में आ जाने की सोच अभी भी हावी थी उसके ऊपर।

"सच पूछिए तो गुणवन्ती जी—गलत काम तो आप तब करतीं—जब आप इस अन्याय के जवाब में सिर झुका लेतीं...।"

"और इस तरह सिर उठा लेने पर भी बहुत कुछ सहना पड़ेगा—घरवालों से भी और बाहर वालों से भी...।"

"मगर यह तभी तक होगा जब तक वह आपको समझ नहीं पाते...।"

"कोई किसी को समझने की कोशिश ही कहाँ करता है अश्वनी जी...।" एक गहरी साँस ली बड़की ने।

"कम से कम मैं तो आपको समझने की कोशिश कर रहा हूँ। गुणवन्ती जी...।"

"जी...।" बड़की अश्वनी की तरफ देखती रह गयी—हृदय की धड़कनें तीव्र होती जान पड़ी थीं।

"छोड़िए जाने दीजिए—आइए अब चलते हैं—आपके घर परिवार वाले भी बड़ी बेताबी से आपका इन्तजार कर रहे होंगे—चलिए मैं आपको आपके घर तक ड्राप कर दूँगा...।"

"नहीं-नहीं—मैं अपने आप चली जाऊँगी...।" जल्दी से बोल उठी थी

बड़की।

"क्यों–आपके घरवाले आपको मेरे साथ देखकर अच्छा नहीं समझेंगे क्या...?"

"न...नहीं...ऐसी बात नहीं है–मगर फिर भी–वह ना जाने क्या सोचें...।"

"ओह–अच्छा चलिए–आपको आपके घर के आस-पास ही ड्रॉप कर दूंगा...।"

और इस बार इनकार नहीं कर सकी थी बड़की।

"थप थप...।"

दरवाजे पर होती थपथपाहट के साथ ही दरवाजा नन्हें ने खोला था। बड़की को देखते ही चैन की साँस लेता हुआ मुड़ा था वह–बड़की की तलाश में ही तो जाने कहाँ-कहाँ भटककर आया था बेचारा।

"लीजिए साहेबान, मेहरबान, कदरदान–जनता कॉलोनी के एल.आई.जी फ्लैट की अदालत में मुल्जिम बड़की जी हाजिर हैं...।" परेशानी से उबरते ही अपने चिर परिचित अन्दाज में आ गया था वह।

"ले भागवन्ती–आ गयी तेरी लाडली-बड़की...।"

मगर पति बसेसर राम के कड़ुए स्वर पर गौर किये बिना भागवन्ती बड़की के सामने जा पहुँची–"आ गयी बड़की तू, मैं तो...।"

"तुम क्या समझी थी माँ–घर से भाग गयी तेरी बड़की...।" कहते हुए बड़की के चेहरे पर अजीब-सी मुस्कराहट उभरी।

"अरी बड़की–नाक तो तूने इस तरह नीची करवा दी जैसे वाकई घर से भाग गयी हो–ना जाने किस जन्म का बदला ले रही है तू हमसे...।"

"बदला तो आप लेना चाहते हैं बापू–उस बूढ़े महेन्द्र से मेरी शादी करवा कर...।"

"देखा-देखा भागवन्ती–कैसे बड़बड़ा रही है बदतमीज मेरे सामने–कल तक यही लड़की सिर झुकाये हुए किस तरह खामोश रहा करती थी–और आज...।"

"आज की बड़की और कल की बड़की में जमीन आसमान का अन्तर है बापू–कल की बड़की को न्याय-अन्याय सब कुछ खामोशी से सिर झुकाये सहते चले जाने के सिवा और कुछ आता ही नहीं था–और आज की बड़की सिर उठाकर जीने की कोशिश कर रही है–अपने अधिकारों के लिए लड़ना सीख रही है आज की बड़की और...।"

"और बाप की रही सही इज्जत का जनाजा निकालना सीख रही है आज की बड़की...।"

"नहीं बापू मैंने आपकी इज्जत के साथ कोई खिलवाड़ नहीं किया–घर के

बीच किसी की अलग-अलग इज्जत होती भी नहीं—बहन तो...।"

"ले भागवन्ती—ये तो घर से भागकर बहन जी के ऑफिस में गयी थी—बहन जी मेरे घरवाले जुल्म कर रहे हैं मुझ पर—बताइए क्या करना चाहिए मुझे...।"

"हाँ बापू—ठीक है—यही पूछने गयी थी मैं—और जवाब में यह सीखकर आयी हूँ कि अपने अधिकारों के लिए लड़ने के लिए अपने आपको मजबूत बनाना होगा मुझे—खुद अपने पैरों पर खड़ा होना होगा—और अपने पैरों पर खड़े होने के लिये मैं नौकरी की तलाश कर रही हूँ बापू—हो सकता है दिन दो दिन में ही बहन जी के ही कार्यालय में काम शुरू कर दूँ...।"

और उसके बाद कुछ कहने सुनने के लिए रुकी नहीं बड़की—तेज कदमों से चलते हुए दूसरे कमरे में घुस गयी—चेहरे पर एक दृढ़ संकल्प के भाव लिये हुए।

हतप्रभ से वहीं खड़े हुए बसेसर राम भागवन्ती की तरफ देखते हुए मुस्करा-से उठे।

एक अजीब-सी मुस्कराहट।

समाज के बीच बसेसर राम जैसे परिवार की जिन्दगी तो घिसट-घिसटकर ही चलती है—जहाँ कमाने वाले हाथ कम और खाने वाले मुँह ज्यादा हों—वहाँ ऐसा ही होता है और बसेसर राम को तो उड़ाने की आदत भी थी, शराब में अपनी कमाई उड़ाने की आदत...।

खैर...। इन कुछ दिनों में कुछ हुआ तो वह यह कि मँझली की रूपा नाइट प्रीतम उस्ताद के संरक्षण में सफल रही—मँझली की निगाहों में तो बेहद सफल—प्रीतम उस्ताद उसके ऊपर कुछ ज्यादा ही मेहरबान थे—और अपनी मेहरबानियों की पूर्ति मँझली के खूबसूरत जिस्म से करना चाहते थे, मगर मँझली बड़ी होशियारी से अपने आपको बचाये भी रही।

नन्हें के सिर पर तो डी.आई.ए. बवींजा सत्वींजा का भूत सवार था—यानि कि कामिया का भूत—कामिया उसके दिलों दिमाग पर अपना कब्जा करती जा रही थी—नन्हें अपने दोस्त आनिदो से कामिया और उसके अमीर पिता किशोरी लाल के बारे में काफी जानकारी हासिल करने के बाद कामिया के ही एक परिचित के बच्चे की बर्थ डे पार्टी में बिन बुलाये मेहमान की तरह मगर वेश बदलकर जा पहुँचा था—अकेला ही नहीं—साथ में अपनी बहन रज्जो की तीन-तीन लड़कियाँ लेकर—हाँ, राम अंजोर को रज्जो की जिद के आगे झुककर नसबन्दी तो करवानी ही पड़ी। कामिया नन्हें की शरारतों से तो नहीं, हाँ उसके अन्दर के आत्मविश्वास से जरूर

प्रभावित हो रही थी—नन्हें के विषय में उसने अपनी सहेलियों द्वारा काफी जानकारी भी हासिल कर ली थी और नतीजा कुल मिलाकर यह था कि नन्हें पढ़ाई-लिखाई में बेहद होशियार है—खेलों में भी सबसे आगे—हाँ, बस हाथ बढ़ाकर आकाश को छू लेने की तमन्ना तो उसमें सदा से ही रही है और कामिया भी तो नन्हें के सामने आकाश के चाँद की तरह ही थी।

लल्लू—बेचारा लल्लू ही रहा—इंटरव्यू देने के तुरन्त बाद सेवन हंड्रेड डैश थर्टीन हंड्रेड यानि कि सात सौ से तेरह सौ तक के ग्रेड के सपने देखने शुरू कर दिये और जब इंटरव्यू में फेल हो गये—जिन्दगी के तमाम महल एक ही झटके में ढह गये—बीच बाजार खड़े-खड़े लुट गये लल्लू जी—मगर ऐसे में भी वह यह बात कैसे स्वीकार करते कि इंटरव्यू में फैल होना उनकी अपनी कमजोरी रही होगी—उनकी निगाह में तो यह सीधा सादा सिफारिश का मामला था। उनके कहे अनुसार उन्हीं का सलैक्शन इस इंटरव्यू में किया गया होगा जिनके चाचा-ताऊ इंटरव्यू ले रहे होंगे या फिर जिन्होंने हजारों की मोटी रिश्वत दी होगी—अपनी कमजोरी को दबाये रखने का बस एक यही साधन था उसके पास...।

बड़की...। बड़की का सिर जब तक झुका रहा—झुका रहा। होंठ जब तक सिले रहे तभी तक सिले रहे—अब जब एक बार उसने अपने अधिकारों और स्वाभिमान के लिए सिर उठा लिया तो यह उठा हुआ सिर, अब झुकाना मुश्किल था—उसने नौकरी की तलाश की—और फिर पूरी तरह से सोच-विचार करके बहन जी के कार्यालय में काम शुरू कर दिया। बहन जी के पास सिर्फ नौकरी ही नहीं थी—स्वरोजगार की स्कीम भी लागू थी उसके ऊपर। यानि कि वह जिस क्षेत्र में सहयोग कर रही थी—उस क्षेत्र में होने वाले लाभ में मुनाफे की हिस्सेदार भी थी वह।

घर में बड़की का सबसे ज्यादा विरोध हुआ तो उसके अपने पिता बसेसर राम और दादी इमरती देवी से ही हुआ—बसेसर राम जी तो बहन जी के कार्यालय तक भी हो आये, मगर कोई नतीजा नहीं—उसने जो एक बार अधेड़ उम्र के महेन्द्र के साथ विवाह से इनकार किया तो इस इनकार को कोई भी हाँ में नहीं बदल सका। वैसे तो बसेसर और दादी जी के सिवा और कोई भी तो तरफदार नहीं था इस रिश्ते का—माँ भागवन्ती और दादा जी यानि रिज्जक राम सदा ही उसके विचारों को मजबूती देते रहे।

हाँ—यहाँ पर डॉक्टर अश्वनी का जिक्र करना भी जरूरी है—माँ भागवन्ती के एकाएक बीमार हो जाने पर बड़की को और कोई रास्ता ना देखकर डॉक्टर की मदद लेनी पड़ी—भागवन्ती तो मामूली-से इलाज से ठीक हो गयी मगर अश्वनी तो इस परिवार के एक सदस्य की तरह ही हो गया—सभी को तो पसन्द था वह—हर माहौल

में घुल मिल जाने वाला—हाँ, बड़की और अश्वनी प्रत्यक्ष में तो चाहे खामोश थे मगर निगाहों ही निगाहों में तो खामोश रहकर बहुत कुछ कह सुन चुके थे।

बाकी रही छुटकी की बात—तो छुटकी जिस दिन से डॉक्टर अर्पणा से उसकी बेटी के द्वारा उसके सिर में तेल डालने की बात कह आयी थी—अर्पणा उसी दिन से छुटकी को नहीं भुला सकी थी।

छुटकी की भोली-भाली और समझदारी भरी बातें तो किसी के भी मन पर अधिकार जमा सकती थीं और डॉक्टर अर्पणा के साथ भी ऐसा ही हुआ था।

"क्या बात है अर्पणा—आज बहुत उदास हैं आप... ।" सुधीर सिन्हा ने अर्पणा से पूछा उसके चेहरे पर निगाहें जमाये हुए।

"नहीं—ऐसी तो कोई बात नहीं सुधीर—हाँ सोच रही थी कि आज छुट्टी का दिन है—आज फिर सारा दिन अपने अकेलेपन से बातें करनी होंगी।"

"अरे आप कैसी बातें करती हैं अर्पणा—आपकी ही नहीं आज हमारी भी तो छुट्टी है—वो कहावत सुनी है ना आपने—खूब गुजरेगी—मिल बैठेंगे जब दीवाने दो... ।"

"मगर दो दीवाने भी कब तक दिवानापन कर सकते हैं सुधीर—कुछ ही समय में आप अपनी किताबों में डूब जाएँगे—मैं फिर अकेली रह जाऊँगी... ।"

"हम तो चाहते हैं अर्पणा—आप फिर अपनी सोची हुई रुचियों को उभारने की कोशिश करें—आप डांस भी तो अच्छा कर लेती थीं अपने कॉलिज के दिनों में—हमारा विश्वास है—आप अभी भी बहुत अच्छी डांसर होंगी... ।"

"हाँ-हाँ... ।" शायद आपकी बात सही भी हो, मगर सुधीर अब खुद नाचने की उम्र नहीं है हमारी—इस बात की तमन्ना भी नहीं होती हमारी—हाँ, अगर हमारे कोई बच्ची होती तो उसे जरूर सिखाती मैं... ।" कहते हुए बोझिल होता चला गया स्वर।

सुधीर सिन्हा चन्द क्षणों तक तो अर्पणा की तरफ देखते हुए ना जाने क्या सोचते रहे और फिर एक गहरी साँस लेते हुए बोले।

"हम जानते हैं अर्पणा—माँ बनने की चाह कितनी बलवती है आपके अन्दर—मगर ममता की प्यास सिर्फ आपके अन्दर ही नहीं है—हाँ, यह बात दूसरी है कि हम... ।"

"हाँ, यह बात दूसरी है कि आप इस प्यास को अन्दर-ही-अन्दर जब्त करते रहे हैं यही ना। मगर आप यह बात भूल रहे हैं सुधीर—नारी चाहे कितनी भी मजबूत क्यों ना हो—किसी-ना-किसी पहलू से जरूर कमज़ोर होती है और फिर मातृत्व का

पहलू तो नारी के लिए बहुत अहम् पहलू है सुधीर...।" दर्द से भरता चला गया अर्पणा का स्वर।

खामोश रहे सुधीर सिन्हा—कुछ समझ नहीं सके कि वह कैसे दिलासा दें अर्पणा को—जीवन की यह रिक्तता तो उन्हें भी टीस देती रही थी।

"जाने दीजिए सुधीर—अपने साथ-साथ आपको भी परेशान कर दिया हमने—आप भी सोचेंगे कि आज अच्छा छुट्टी का दिन है जो...।"

"नहीं-नहीं अर्पणा—ऐसी कोई भी बात नहीं—आप तो...।"

मगर उनकी बात पूरी नहीं हो सकी—बाहर सड़क पर किसी लड़की का मासूम मगर खनकता हुआ स्वर उभरा था।

"लाटरी-लाटरी...।" एक रुपये के टिकट से लखपति बनिए...।"

"यह...यह आवाज सुन रहे हैं ना सुधीर...।"

"हाँ-हाँ...कोई लड़की लाटरी के टिकट बेच रही है शायद—पहले तो पुरुष ही इस तरह का धन्धा किया करते थे मगर अब...।"

"बात यह नहीं है सुधीर—दरअसल इस लड़की का स्वर कुछ जाना-पहचाना सा लगता है।"

"भाई आप हॉस्पिटल की डॉक्टर हैं—सैकड़ों मरीज रोज आते होंगे आपके पास—आपकी पहचान लाटरी वाली से भी हो सकती है और लाटरी वाले से भी...।"

"प्लीज—मजाक नहीं सुधीर—अच्छा ठहरो—हम खुद ही अपना शक दूर किये लेते हैं।"

"शक...।"

मगर अर्पणा सुधीर की उत्सुकता शान्त किये बिना ही बाहर निकल गयी।

और जब वह कुछ ही समय के बाद वापिस लौटी थी तो उसके साथ लाटरी की टिकटें लिये हुए छुटकी ही नहीं—बसेसर राम भी थे।

छुटकी से लाटरी बेचने का धन्धा करवाते थे ना बसेसर राम।

"भाइयों और बहनों—जहाँ तक मैं देख रहा हूँ—महसूस कर रहा हूँ—रिटायर्ड सूबेदार श्री रिज्जक राम यानि हमारे परम प्रिय दादा जी के चेहरे की चमक एकाएक कई गुना बढ़ गयी है और जहाँ तक मैं सोच रहा हूँ इसका कारण हाथ में पकड़ा हुआ वह पत्र है जो अभी विदेश से आया है—हाँ तो डीयर दादा जी क्या आप इस पत्र के विषय में जनता जनार्दन को कुछ बताना चाहेंगे—एल.आई.जी. जनता फ्लैट्स की यह जनता आपके स्पेशल कमेंट्स जानने के लिए बेताब हो रही है...।" कहते

हुए नन्हें ने हाथ में पकड़े काल्पनिक माइक का काल्पनिक मुँह दादा जी की तरफ कर दिया।

"दादा जी--आप बकर-चकर पर ध्यान दिये बिना लेटर का मैटर बता दीजिए जी--वो क्या कहते हैं जी--ब्रीफ में...।" इस बार लल्लू का स्वर उभरा।

"ठीक है भाई--जब तुम सब इतने बेताब हो तो बता देते हैं हम भी--फौज में मेरे सीनियर ऑफिसर थे ना--विलीयम हैरिस--आजकल वह विदेश में हैं--उनकी ही बच्ची भारत घूमने के लिए आ रही है...।"

"बच्ची...।" लल्लू ने सवालिया निगाहों से दादा जी की तरफ देखा, "बच्ची और अकेली आ रही है--ह्वाट डू यू मीन ग्रांड पा...।"

"अरे--तू भी लल्लू का लल्लू ही रहेगा रे लल्लू--जब तुम सब इतने बड़े होकर भी मेरे सामने तो बच्चे ही हो--तब मोना क्या तुम सबसे अलग है।"

"मोना...।"

"हाँ लल्लू--वैसे तो मोना तुम्हारी ही हमउम्र है--पढ़ी लिखी है--समझदार है..।"

"समझदार तो अपुन भी कम नहीं हैं ग्रांड पा--वो क्या कहते हैं जी--इस घर में एक हम ही तो हैं जो उसके साथ अंग्रेजी में बात कर सकते हैं...।"

"हाँ--भाइयों और बहनों--आपमें से किसी को भी हमारे लल्लू भइया की टाँग तोड़ अंग्रेजी पर सन्देह नहीं होना चाहिए...।"

"और भाइयों और बहनों--आपको इन नन्हें की बे फालतू की बकवास पर ध्यान नहीं देना चाहिए--मोना को आ जाने दीजिए--फिर देख लीजिए हमारा कमाल...।"

"और भाइयों और बहनों--आप सबको यह भी जान लेना चाहिए कि विलियम हैरिस की लड़की मोना को हिन्दी बोलना और लिखना दोनों ही आता है...।" दादा जी भी उन्हीं के अन्दाज में बोलते हुए कमरे से बाहर निकल गये।

"कोई बात नहीं लल्लू भैया--उसे हिन्दी को अंग्रेजी में बोलना सिखा देंगे।"

"देख--देख नन्हें तू...।" लल्लू तीव्रता से नन्हें की तरफ झपटा।

मगर नन्हें बड़ी फूर्ती से अपने आपको लल्लू की पकड़ से बचाता हुआ कमरे से बाहर निकल गया।

अब कमरे में लल्लू अकेला ही रह गया--मोना की काल्पनिक तस्वीर की कल्पना करता हुआ।

"थप...थप...।"

दरवाजे पर हुई थपथपाहट के साथ ही आगे बढ़कर द्वार खोला मँझली ने, इस वक्त घर पर अकेली ही थी वह। दरवाजा खोलते ही उसने आगन्तुक की तरफ आश्चर्य से देखा—नवयुवक था वह—आकर्षक व्यक्तित्व का मालिक—बगल में हेलमेट को दबाये हुए।

"आप...?"

"नमस्कार रूपा जी—जानता हूँ आप मुझे नहीं जानतीं मगर, देख लीजिए मैं आपको जानता हूँ...।"

"मगर...मगर आप...?"

"ना—घबराइए मत मिस रूपा—मुझे त्रिभुवन कहते हैं—वैसे यार दोस्त मुझे प्यार से टोनी कहा करते हैं और यार दोस्तों के बीच में टोनी के नाम से ही जाना जाता हूँ...।"

"मगर...।"

"चन्द रोज पहले आपका स्टेज शो देखा तो आपके फैन हो गये हम—तभी से आपसे मिलने की तमन्ना दिल में थी—और फिर सच पूछिए तो अपना काम भी कुछ ऐसा ही है—आप जैसी दुनिया की भीड़ में खोयी प्रतिभाओं को खोजकर फिल्मों तक ले जाना—उन्हें उनको उचित स्थान दिलाना...।"

फिल्मों के नाम से ही मँझली की निगाहों में चमक उभर आयी—और यह चमक अनुभवी टोनी की निगाहों से भी छिपी नहीं रह सकी।

"अगर आप चाहें तो मैं आपकी भी मदद कर सकता हूँ मिस रूपा...।"

"आप-आप मेरी मदद करेंगे मिस्टर टोनी...।" उत्तेजित हो उठी मँझली—"आप जानते हैं फिल्मी हस्तियों को।"

"अब मैं खुद ही क्या कहूँ मिस रूपा—चार दिन आप साथ रहेंगी तो खुद ही जान जाएँगी, हाँ आपके घर में...।"

"सब इस वक्त बाहर गये हुए हैं—ह-हाँ—आप अन्दर तो आइए ना...।"

"नहीं मिस रूपा—आइए कहीं बाहर ही चलते हैं—किसी रेस्टोरेंट में बैठकर आराम से बात करेंगे...।"

"जी मगर...।"

"घर में रहकर तो आप फिल्मों तक नहीं पहुँच सकेंगी मिस रूपा—ऐसा तो बहुत कम ही होता है ना कुआँ प्यासे के पास आये...।"

"अच्छा एक मिनट रुकिए—मैं जरा ड्रेस चेंज कर लूँ...।"

"ओ श्यौर...।" मगर आप इस वक्त भी कम खूबसूरत नहीं लग रहीं मिस रूपा...।"

उत्तर में मुस्करा दी मँझली—प्रीतम उस्ताद के पास जाते हुए उसे इनं सब बातों को सुनने-सहने की आदत पड़ चुकी थी और फिर वह जानती थी कि यह सब तो फिल्मी दुनिया में आम बातें हैं—बेहद मामूली।

कुछ ही समय में मँझली ने घर के द्वार पर ताला लगाकर चाबी पड़ोस में रहने वाली मुन्नी को दे दी थी।

और अब वह त्रिभुवन पाण्डे उर्फ टोनी की मोटरसाईकिल के पीछे उससे सटकर बैठी हुई मेन रोड पर तैर-सी रही थी—मोटरसाईकिल अच्छी चला लेता था टोनी।

"वैसे कामिया—तेरा क्या खयाल है अपने उस रोमियो के बारे में—हाँ, नन्हें ही तो नाम है उसका—चन्द्र प्रकाश उर्फ नन्हें...।"

"मुझसे क्या पूछती है विनिता—तूने खुद ही तो उसके बारे में इतनी जानकारी इकट्ठे की है...।"

"हाँ, मगर मेरी सारी भागदौड़ तेरे लिए ही थी...।"

"हाँ, विनिता—सच्चाई जानना चाहती थी मैं—उसकी असलियत जानना चाहती थी—इसीलिए...।"

"तो अब तक क्या देखा, समझा, जाना तूने...।" विनिता की निगाहें प्रश्नवाचक मुद्रा में कामिया के चेहरे पर जम-सी गयीं।

"यही कि वह ना तो दिल का ही बुरा है और ना ही देखने-भालने, बातचीत में...।"

"दिल का कैसे बुरा हो सकता है—दिल तो उसका तुझ पर आया है ना...।"

"प्लीज विनिता—मजाक नहीं...।"

"ठीक है—तब फिर तू ही बता...।"

"कुछ कहने-बताने लायक है ही क्या विनिता—बस अजीब दीवानापन है उसका—पता नहीं मुझसे चाहता क्या है वह...।" खोया हुआ-सा स्वर था कामिया का।

"दे दे प्यार दे—प्यार दे...।"

"ओह शटअप विनिता...।" कामिया ने उसकी पीठ पर धप्प-सी जमा दी।

मगर शरारत के मूड में थी विनिता—शरारती निगाहों से कामिया की तरफ देखते हुए खिलखिला उठीं थी वह—बेतहाशा।

दरवाजा खोलते ही छुटकी की निगाह अश्वनी पर पड़ी—डॉक्टर अश्वनी पर और अश्वनी का उस घर में आना सभी के लिए एक सुखद आश्चर्य था।

"हैलो मिस छुटकी...।"

"हैलो चप्पल डॉक्टर...।"

"ए छुटकी बकबक ही करेगी या डॉक्टर साहब को अन्दर भी आने देगी—प्लीज कम इन डॉक्टर अश्वनी—मीट विद मी—आई एम मिस्टर एल. प्रसाद...।"

"उर्फ मिस्टर लल्लू...।"

"देखिए—देखिए डॉक्टर साहब यह नहीं चलेगा—वरना अपुन भी डॉक्टर अश्वनी से चप्पल डॉक्टर पर आ जाएँगे...।"

"मगर ये चप्पल डॉक्टर है क्या बला...।"

"अ...आप...आप अन्दर तो आइए ना—ये लोग तो ऐसे ही बकवास करते रहते हैं।"

दरवाजे के समीप पहुँचते हुए बड़की का स्वर सकुचाहट भरा था।

"मगर बड़की जी ये चप्पल डॉक्टर...।" बुदबुदाते हुए अपने दिमाग पर और जोर डाला अश्वनी ने और फिर दूसरे ही क्षण हँस पड़ा—मुक्त हँसी।

"हाँ तो आपने हमारी असफलता के झण्डे यहाँ भी गाड़ ही दिये गुणवन्ती जी...।"

"असफलता...।"

नन्हें, छुटकी और लल्लू तीनों की निगाहें डॉक्टर अश्वनी के चेहरे पर जम गयीं—मँझली तो घर पर थी ही नहीं।

जी हाँ—इनकी चप्पल का ऑपरेशन काफी सीरियस था इसीलिए मुझ जैसे जूनियर डॉक्टर को एड़ी चोटी के प्रयास के बाद भी नाकामयाबी मिली।"

"कामयाबी नाकामयाबी तो जिन्दगी के साथ जुड़ी हुई हैं डॉक्टर साहब—आप अन्दर तो चले आइए...।"

"इस अपरिचित स्वर के साथ निगाहें घुमायी अश्वनी ने—कोई व्यक्ति दूसरे कमरे से चलता हुआ इधर आया था।"

यह कोई और नहीं बसेसर राम ही थे।

"मीट माई फादर श्री बसेसर राम...।"

"ओह नमस्कार बसेसर राम जी—आपके विषय में सुना तो बहुत था मगर मुलाकात आज ही हुई—वैसे जब माँ जी बीमार थीं तब...।"

"तब हम शहर से बाहर गये हुए थे डॉक्टर साहब—हाँ वैसे आपने क्या सुना था हमारे बारे में—यही सब कुछ बताया होगा इन सबने कि हमारे बापू शराब बहुत पीते हैं, नकारा हैं और...।"

"नहीं नहीं—ऐसा कुछ भी नहीं बताया गया मुझे—हाँ, मगर कुछ बताया गया

तो यह कि आप गाते बहुत अच्छा हैं—विशेषकर सहगल की आवाज में तो हू-ब-हू गा लेते हैं... ।"

कमरे में आने के पश्चात् पलंग पर ही बैठता हुआ बोला था अश्वनी ने।

"वाह—कमाल ही हो गया डॉक्टर साहब—हमारी इतनी तारीफ किसने कर दी आपसे... ।"

"मेरे खयाल से तो सभी ने ही आपकी तारीफ की—हाँ, माँ जी कहाँ गयीं—इधर से गुजर रहा था—सोचा माँ जी की सेहत के बारे में भी पूछ लूँगा—कहीं बाहर गयी हुई हैं शायद... ।"

"नहीं मैं भी यही हूँ अश्वनी बेटे... ।"

"ओह नमस्कार माँ जी—कहाँ छिपी हुई थीं आप—हाँ, शायद अपने लिए चाय बना रही थीं—तभी... ।"

"अपने लिए नहीं अश्वनी बेटे—तुम्हारे लिए... । तुम्हारी आवाज सुनी तो सोचा—तुम इतनी दूर से आ रहे हो, थक गये होंगे—इसीलिए चाय बना दी।" स्नेहपूर्ण स्वर में बोलते हुए भागवन्ती ने चाय का कप अश्वनी की तरफ बढ़ा दिया।

चाय का कप हाथ में लेते हुए अश्वनी श्रद्धा भरी निगाहों से भागवन्ती की तरफ देखता रह गया—ना जाने क्यों।

"क्या बात है अश्वनी बेटे—तू... ।"

"कुछ नहीं माँ जी—सोच रहा था कि अगर मेरी माँ होती तो इसी तरह हमेशा खयाल रखती मेरा... ।"

कहते हुए एक गहरी साँस ली थी अश्वनी ने।

"तो—तो क्या बेटे... ।"

"नहीं माँ जी—माँ और बाप दोनों का ही साया नहीं है मेरे सिर पर—बचपन में ही अनाथ हो गया था मैं, अगर मेरे चाचा जी मुझे अपनी औलाद की तरह नहीं पालते-पोसते तो।"

"सगे सब कुछ नहीं होते—तुम्हारी माँ जैसी तो हूँ ही बेटे... ।"

"मुझे तो आप सगी माँ से भी बढ़कर ही लगती हैं माँ जी... ।"

और अश्वनी की यह श्रद्धा ही भाव-विभोर करती चली गयी भागवन्ती को—पलकें अनायास ही नम होती चली गयीं।

"काश आप जैसी औलाद हमारे भी होती डॉक्टर साहब... ।"

"माँ जी की ही तरह आप भी मुझे बेटा बोल सकते हैं बसेसर राम जी—वैसे आपकी औलाद में भी क्या कमी है।"

"अब क्या कहें और क्या ना कहें अश्वनी बेटे—ये छोटा नन्हें है तो इसे तो

किसी फिल्म कम्पनी में हीरो होना चाहिए था—और अपना ये लल्लू तो हीरो नहीं जीरो है बिल्कुल जीरो—और आज कल तो ये बड़की भी खूब रंग दिखा रही है... ।"

"ओह तो आपको गुणवन्ती जी जैसी सीधी सादी लड़की से भी शिकायत है बसेसर राम जी।"

"कल तक तो सीधी ही लगती थी मगर अब तो लगता है—ये हमें ही सीधा करने की कसम खाये हुए है।"

"लगता है आप बहुत नाराज है गुणवन्ती जी से... ।" सब कुछ जानते बूझते भी अन्जान बना रहा अश्वनी।

"सुनिए जी आप... ।"

"टोक मत भागवन्ती—कहने दे—डॉक्टर साहब भी अपनों से ही हैं—कौन से पराये हैं जो... ।"

बड़की तो पहले ही उठकर दूसरे कमरे में चली गयी थी—जानती थी कि उसके पिता बसेसर राम को चुप करा पाना अब मुमकिन नहीं।

"देखो अश्वनी बेटा—हम लोग कोई लखपति या करोड़पति तो हैं नहीं। अपना पेट काटकर पढ़ाया-लिखाया है इन्हें और... ।"

"बात गुणवन्ती जी की हो रही थी बसेसर राम जी... ।"

"हाँ बेटे—उसी बात पर आ रहे हैं हम—हमने बड़की के लिए एक नहीं कितने ही लड़के देखे—मगर कभी वो ना कर गये और कभी हमें ज्यादा दहेज़ ना दे पाने की मजबूरी की वजह से चुप्पी साध लेनी पड़ी और अब जब निगाह में अच्छा भला लड़का आया तो... ।"

"तो... ।"

"तो अब ये उस लड़के से शादी के लिए साफ-साफ इनकार कर रही है—इनकार भी क्या कर रही है जी सरासर बगावत करती दीख रही है... ।"

"ये—ये आप क्या कह रहे हैं बसेसर राम जी—कोई तो वजह होगी जी... ।"

"इससे बढ़कर और क्या वजह हो सकती है अश्वनी बेटे कि ये रिश्ता बड़की के इसी नकारा बाप बसेसर राम ने तलाशा है—और जब इस घर में बसेसर राम ही किसी को पसन्द नहीं तो... ।"

"आप तो हमारे स्वीट-स्वीट फादर हो जी—एकदम सहगल के डुप्लीकेट—हाँ, वो क्या है—जब थोड़ी इंग्लिश गले से नीचे उतार लेते हो ना तभी थोड़े से नमकीन हो जाते हो आप... । हाँ, वैसे बड़की का रिश्ता भी आपने कहाँ सन्तो चाची ने सुझाया था जी—आपने तो बस उस सुझाव पर ऐसी मोहर ठोकी कि... ।"

"क्यों रे लल्लू—क्या खराबी है उस लड़के में—जो हम अपना इरादा बदल लें... ।"

"देखो बापू—लड़का तो कहा मत करो उसे—वो तो पूरा आदमी था—फुल एण्ड फिल मैन... ।"

"और बसेसर राम जी जहाँ तक मेरी भी थोड़ी बहुत जानकारी की बात है महेन्द्र नाम के उस आदमी की चाहत दूसरी शादी की है—पहले भी तीन-तीन बच्चे हैं उसके... ।"

"तू...तुम्हें यह सब बातें कैसे मालूम अश्वनी बेटे... ।"

"जिस तरह आपने आज पहली ही मुलाकात में मुझे अपना समझा—उसी तरह आपके परिवार वाले भी मुझे अपना ही समझते रहे हैं बसेसर राम जी... ।"

खामोश रहे बसेसर राम—ना जाने क्या सोचते हुए।

"आप की बड़की यानि गुणवन्ती जी इस रिश्ते का विरोध करके कोई अपराध तो नहीं कर रहीं बसेसर राम जी, यह तो उसका अधिकार है—और हाँ, आप गुणवन्ती जी के बहन जी के कार्यालय में काम करने की चाह को लेकर भी तो परेशान हैं... ।"

"हम तो अपनी जिन्दगी से भी परेशान हैं अश्वनी बेटे... ।" एक गहरी साँस भर उठे बसेसर राम।

"नहीं-नहीं—ये कैसी बात कर रहे हैं आप... ।"

"सच ही तो कह रहा हूँ बेटे—परेशान हैं तभी तो पीते हैं—पीते हैं—तभी तो जीते हैं अब तुम ही बताओ—जवान लड़की को कब तक घर में बिठाया जा सकता है—क्या मुझे अपनी बड़की प्यारी नहीं, मगर जात-बिरादरी वाले थोड़े ही अपना मुँह बन्द रखते हैं, महेन्द्र में भी किस बात की कमी है—और फिर सबसे बड़ी बात तो यह है कि वह खुद ही बिना दहेज के बड़की से शादी करना चाहता है और... ।"

"और गुणवन्ती जी का हाथ थामने के लिए मैं यही प्रस्ताव आपके सामने रखूँ तो... ।"

"क्या... ।" बसेसर राम अवाक से अश्वनी की तरफ देखते रह गये—यकीन ही नहीं हो पा रहा था कि अश्वनी जो कह रहा है—वह सच भी हो सकता है।

बसेसर राम ही नहीं सभी अश्वनी की तरफ देख रहे थे—एकटक।

"ये—ये तुम क्या कह रहे हो अश्वनी बेटे... ।"

"जो कह रहा हूँ बहुत सोच समझकर कह रहा हूँ बसेसर राम जी—सच पूछिए तो इसी बारे में बात करने के लिए मैं आज आपके घर आया था—और मेरे कुछ प्रयास किये बिना हीं खुद-ब-खुद भूमिका भी बन गयी... ।"

"तो—तो क्या... ।"

"यह तो आप जानते ही हैं—गुणवन्ती जी और मैं पहले से ही एक-दूसरे को

जानते हैं—मगर मैं उन्हें चाहता भी हूँ—इसीलिए उनसे शादी भी करना चाहता हूँ—दहेज का लालच मुझे बिल्कुल भी नहीं—अच्छा-बुरा जैसा भी हूँ—आपके सामने हूँ—अगर आप मुझे अपनी बड़की के योग्य समझें तो विवाह पर आपका सिर्फ आशीर्वाद ही चाहिए... ।"

अभी भी समझ नहीं पा रहे थे बसेसर राम कि क्या कहें और क्या ना कहें—और इससे पहले वह कुछ कह पाते—दरवाजे पर खड़े सब सुनते दादा जी ने आगे बढ़कर अश्वनी के हाथों को थाम लिया।

"तुमने हमें उबार लिया अश्वनी बेटे... ।" बस इतना ही कह सके दादा जी।

"हमें तो अभी तक कुछ कहने के लिए शब्द ही नहीं मिल पा रहे अश्वनी बेटे... ।"

"कुछ कहने की जरूरत भी क्या है बसेसर राम जी—मेरी तरफ से तो आप बात पक्की समझिए—हाँ, इस दुनिया में अगर मेरा कोई है तो मेरे चाचा जी ही हैं—मैं उन्हें चिट्ठी डाल देता हूँ—वैसे मुझे पूरा यकीन है कि उन्हें मेरे चुनाव पर खुशी ही होगी—मगर फिर भी एक बार वह गुणवन्ती जी को देख लेते तो... ।"

"हाँ—हाँ क्यों नहीं बेटे—ये तो बहुत अच्छी बात है कि तुम अपने बड़े-बूढ़ों को इतना मान देते हो—इसी बहाने हम भी दर्शन कर लेंगे उनके... ।" दादा जी, अश्वनी की पीठ पर स्नेह भरा हाथ रखते हुए बोले।

"अच्छा तो अब मुझे इजाजत दीजिए... ।"

"अरे—ऐसे बिना मुँह मीठा किये ही चले जाओगे बेटे। जा रे नन्हें—जा दौड़कर बरफी का एक डिब्बा तो ले आ... ।"

"नहीं—अभी नहीं बसेसर राम जी—चाचा जी को आने दीजिए—फिर चाहे बरफी के साथ कुछ और भी मँगवा लीजिएगा... ।"

और फिर उठ खड़ा हुआ था डॉक्टर अश्वनी—दरवाजे की दरार से उसे एक टक देखती हुई बड़की की आँखों में आँसू भरते चले गये थे—ना जाने किस सोच के साथ।

भारत देश के दर्शन की इच्छुक बेटी मोना आज ही विमान द्वारा दिल्ली पहुँची थी—नन्हें ने ही उसे पालम एयरपोर्ट पर रिसीव किया था—वैसे तो मोना के लिए पहले से ही एक फाइव स्टार होटल में सूइट बुक था, मगर उसने फाइव स्टार होटल के स्थान पर बसेसर राम जी के घर पर ही रहने की इच्छा जाहिर की थी।

सबके लिए यह एक आश्चर्य की बात थी—मगर फिर भी नन्हें की तो जैसे

मौत ही आ गयी—चूँकि मोना अब उनके घर पर रह रही थी मगर उसका सामान होटल में ही था इसलिए वहाँ रहने की जिम्मेदारी नन्हें के ही कन्धों पर आ पड़ी थी—फाइव स्टार होटल के तौर-तरीके उसी को ही पूरी तरह से मालूम थे ना।

मगर नन्हें तो इस बात को ख्वाब में भी नहीं सोच सकता था कि इस होटल में एक रात गुजारने के साथ ही उसकी जिन्दगी इस तरह करवट बदल लेगी कि वह सोच भी नहीं सकेगा कि ये सब क्या—क्यों और कैसे हो गया। घटना बहुत छोटी-सी मगर महत्त्वपूर्ण थी।

हुआ यह था, उस होटल में रात गुजारने के बाद नन्हें सुबह जब शाही अन्दाज में उठा था तो उसे पलँग पर ही तकिये के नीचे एक कंगन मिला था—कंगन देखने में तो काफी खूबसूरत और चमक लिए हुए था मगर नन्हें ने यही सोचा था कि अगर कंगन असली सोने का होता तो मोना उसे इस तरह लापरवाही से छोड़कर ही क्यों जाती—अलमारी में लॉक करके जाती या फिर अपनी कलाई में ही पहने रखती।

और इसी सोच के साथ नन्हें को शरारत सूझी थी कि इस कंगन को क्यों ना असली सोने का ही बनाकर कामिया को उपहार में दिया जाये और अपनी इस योजना को कार्य रूप देने के लिए उसने एक अच्छा खासा ड्रामा किया।

कामिया के पिता सेठ किशोरी लाल के एक परिचित सरदारी लाल विदेश में रहते थे। नन्हें सरदारी लाल के दोस्त का वेश बनाकर कामिया से मिला—और कामिया वेश बदले हुए नन्हें से यकीनन प्रभावित हुई तभी तो उसने नन्हें को अपने घर पर आमंत्रित किया और हर स्थिति का पूरे आत्मविश्वास के साथ सामना करने वाला नन्हें अपने वेश बदले रूप में सेठ किशोरी लाल के सामने भी जा पहुँचा।

सेठ किशोरी लाल तो चेहरे पढ़ने में माहिर थे—उन्हें तुरन्त ही नन्हें की बातों से किसी धोखे की आशंका हुई मगर जब उन्हें पता चला कि नन्हें ने कामिया को सरदारी लाल के द्वारा भेजा सोने का कंगन दिया है और वह वेशकीमती कंगन वास्तव में ही सोने का है तो उन्हें नन्हें पर कोई शक नहीं रहा।

मगर नन्हें को तो यह बात पहली बार पता चली कि मोना का वह कंगन जो उसने कामिया को दे डाला है—वास्तव में ही असली सोने का है—नन्हें के चेहरे का तो रंग ही उड़ गया—कामिया से कंगन वापिस लेने की तो हिम्मत ही नहीं थी उसके पास—उसकी पोल जो खुल जाती।

इधर मँझली त्रिभुवन पाण्डे उर्फ टोनी से क्या मिली—उसके तो पर ही लग गये—टोनी की जान पहचान—उसका जिन्दगी जीने का अन्दाज—उसकी बड़ी-बड़ी बातें—मँझली तो जीते जागते भी ख्वाब देखने लगी।

त्रिभुवन ने मँझली को समझाया कि अगर उसे आकाश की ऊँचाइयों को छुना

है तो जनता कॉलोनी में रहते हुए भी वहाँ की इमेज से अपने आपको दूर रखना होगा। और इस नयी इमेज के हिसाब से मँझली बसेसर राम की बेटी नहीं—अपितु एक अमीर की इकलौती सन्तान थी—मसूरी में पली, पढ़ी-बढ़ी हुई लाखों-करोड़ों की मालकिन मिस रूपा—वह रूपा जो फिल्मों में तो बस शौकिया काम करना चाहती है। टोनी ने ही मँझली को बड़े-बड़े होटलों के तौर तरीके सिखाये—वहाँ बैठना—खाना पीना—वहाँ प्रयोग किये जाने वाले अन्दाज—सभी कुछ तो टोनी ने सिखाया उसे।

और टोनी ने ही उसे सेठ नरेन्द्र केसरी उर्फ निक्का से मिलवाया—केसरी उर्फ निक्का बिगड़ा हुआ रईस था—घर में पत्नी होते हुए भी जवान खूबसूरत लड़कियों पर नजर रखने वाला रईस—वैसे तो उसके पास धन कमाने के लिए कितने ही काले धन्धे थे और इन्हीं काले धन्धों से कमाये काले धन का उपयोग वह फिल्म बनाने में करना चाहता था।

निक्का को पहली निगाह में तो रूपा बेहद साधारण ही लगी, मगर फिर टोनी की बातों में आकर उसे लगा कि वह रूपा को अपनी फिल्म में बतौर हीरोइन ले सकता है—और उसने रूपा को इस सम्बन्ध में हल्का-सा संकेत भी दे दिया।

इधर मोना भारत में क्या आयी—भारत की होकर रह गयी—भारत बेहद पसन्द आया था उसे—और बसेसर राम के परिवार से तो वह चन्द एक दिनों में ही बेहद घुलमिल गयी थी—परिवार के ही एक सदस्य की तरह। हाँ—मोना के पिता विलियम हैरिस सेठ किशोरी लाल के अच्छे दोस्तों में से थे—सेठ किशोरी लाल को जब यह पता चला कि मोना भारत आयी हुई है और यहीं दिल्ली में जनता कॉलोनी के एक साधारण-से परिवार के बीच ठहरी हुई है तो उन्हें आश्चर्य तो जरूर हुआ मगर उन्होंने तुरन्त ही मोना को आमंत्रित करते हुए अपनी कार को ड्राइवर सहित वहाँ भेजा।

सेठ किशोरी लाल ने मोना को जब कामिया से मिलवाया तो कामिया और मोना में जल्दी से अच्छी मित्रता हो गयी—और जब मोना ने कामिया के हाथ में सोने का कंगन देखा तो चौंक उठी और कह ही उठी कि बिल्कुल ऐसा ही कंगन उसके पास भी है।

और जब मोना ने किशोरी लाल और कामिया को अपना होटल का एड्रेस दिया तो दोनों ही चौंक पड़े—क्योंकि उनके हिसाब से उसी होटल के उसी सूइट नम्बर में उनके परिचित सरदारी लाल का दोस्त ठहरा हुआ था और—जब मोना ने कहा था कि वहाँ तो रोज रात को नन्हें सोता है तो कामिया क्षणभर में ही सब समझ गयी—वह जान गयी कि—यह कंगन उसे सरदारी लाल अंकल के दोस्त ने नहीं बल्कि नन्हें ने ही दिया है—अब चूँकि यह बात किशोरी लाल जी के सामने ही खुल गयी थी तो उसने अपने पिता सेठ किशोरी लाल से कुछ भी छिपाना उचित नहीं

समझा।

सब कुछ सुनने के बाद किशोरी लाल की मुख मुद्रा गम्भीर हो गयी—उनके आदेश पर कामिया ने मोना का कंगन तो तुरन्त ही वापिस कर दिया और साथ ही मोना से यह भी कहा कि वह नन्हें से कहे कि उसका भेद खुल चुका है और उसे सेठ किशोरी लाल से तुरन्त ही मिलना है।

मोना ने नन्हें की इस गम्भीर हरकत को उसका बचपना समझकर ही भुला देना उचित समझा और साथ ही सेठ किशोरी लाल का सन्देश भी नन्हें तक पहुँचा दिया।

नन्हें जो अभी तक इसी बात को लेकर बेहद परेशान था—अब उसकी जान में जान आयी। मोना के सामने तो उसने अपने आपको शर्मिन्दा महसूस किया ही—साथ ही अब उसे कामिया और सेठ किशोरी लाल से मिलकर अपनी भूल के लिए अनायास ही क्षमा याचना करनी थी। वैसे यह सोचकर तो उसने चैन की साँस ली ही थी कि सेठ किशोरी लाल उसके खिलाफ कोई गम्भीर कदम नहीं उठाएँगे अगर उन्होंने उसे उसके अपने अपराध की सजा ही देनी होती तो पुलिस के द्वारा आराम से गिरफ्तार करवा देते उसे। मगर ऐसा कुछ नहीं होने वाला—इसी सोच ने बल दिया नन्हें को।

इस घटना के दूसरे ही दिन वह किशोरी लाल से मिलने उनकी कोठी पर जा पहुँचा—मगर आज वह अपने असली रूप में था—पूरी तरह से नन्हें के सही रूप में—काफी डरा सहमा हुआ सा नन्हें...।

सेठ किशोरी लाल के घर पर अगर उसकी मुलाकात सबसे पहले किसी से हुई तो कामिया से ही हुई, मगर जब वह कामिया को देखते ही पहले की तरह चहक नहीं सका—उठा हुआ सिर झुकता चला गया—अपने अपराध का बोध था उसे।

कामिया ने भी उससे चन्द शब्दों की औपचारिक बात की—सहज भाव में ही—बिना किसी नाराजगी के—और इससे पहले कि यह बातचीत आगे बढ़ पाती—वहाँ सेठ किशोरी लाल आ गये।

सेठ किशोरी लाल ने वहाँ आते ही कामिया को वहाँ से जाने का संकेत दिया और कामिया के जाने के बाद उस हालनुमा ड्राइंगरूम में सेठ किशोरी लाल और नन्हें ही आमने सामने थे—अकेले।

"सेठ किशोरी लाल जी मैं...।"

"एक मिनट मिस्टर चन्द्र प्रकाश उर्फ नन्हें—उर्फ ना जाने क्या क्या...।"

"सर मैं...।"

"तुम क्या...।" तुम हो ही क्या—बच्चे हो हमारे सामने—और बच्चे जानते हो तुम, तुम्हें तुम्हारे अपराध की क्या सजा मिल सकती है—हम धोखाधड़ी और चार सौ

बीसी के इल्जाम में जेल की सलाखों के बीच में कैद करवा सकते हैं तुम्हें... ।"

"किशोरी लाल जी—मैं बहुत शर्मिन्दा हूँ... ।"

"मगर सिर्फ शर्मिन्दा होने से तो तुम्हारा अपराध नहीं धुल पाता मिस्टर नन्हें... ।"

"सर...सर आप जो कहें—मैं वही करने को तैयार हूँ—या फिर आप जो भी सजा चाहें—दे सकते हैं मुझे... ।" सिर झुकाये हुए ही बोला था नन्हें।

"नहीं—अगर हमने तुम्हें सजा ही देनी होती तो उसी वक्त दे देते—जिस वक्त हमें तुम्हारी इस हरकत का पता चला—और हमारी सजा देने की हालत में इस वक्त तुम यहाँ नहीं जेल की सलाखों के पीछे होते... ।"

नन्हें खामोश ही रहा—सिर झुकाये हुए—कहता तो कहता भी क्या।

"देखो नन्हें—सच पूछो तो हमें तुमसे कोई भी शिकायत नहीं... ।"

"जी... ।" झटके से चेहरा उठाया नन्हें ने चकित-सा किशोरी लाल की तरफ देखता रह गया था।

"हाँ बरखुरदार—हम जानते हैं तुम गरीब हो, मगर बेहद होशियार भी हो—पढ़ने-लिखने में ही नहीं हर काम में काफी तेज—तुम्हारी पूरी रिपोर्ट है हमारे पास—तुम हाथ बढ़ाकर चाँद को छू लेने की चाह रखते हो ना... ।"

नन्हें खामोश ही रहा पूर्ववत।

"जिस दौर से आज तुम गुजर रहे हो मिस्टर चन्द्र प्रकाश उर्फ नन्हें—जिन्दगी के उसी दौर में कभी हम भी थे।"

"आप्...प... ।"

"हाँ—हम अपनी ही बात कर रहे हैं—तुम्हारी ही तरह गरीब मगर होशियार थे हम—हर काम में अव्वल—आगे बढ़ने की तमन्ना हमारे रोम-रोम में बसी हुई थी, मगर आगे बढ़ने का मौका नहीं मिलता था—और हमारे नसीब ने जब हमें मौका दिया तो तुम खुद ही देख लो—कहाँ से कहाँ आ पहुँचे हैं—हम एक बार ऐसे आगे बढ़े कि आज तक पीछे मुड़कर नहीं देखा... ।"

"सर आप... ।"

"जाओ—हमने तुम्हें माफ कर दिया—सिर्फ माफ ही नहीं किया बल्कि तुम्हारे सिर पर अपना हाथ भी रख दिया... ।"

"जी... । जी मैं समझा नहीं... ।"

"जल्दी क्या है मिस्टर चन्द्र प्रकाश—समझ भी जाओगे—और एक बार समझ जाओगे तो सारी जिन्दगी भी सुधर जाएगी तुम्हारी—हाँ, तुम्हें जब भी किसी मामले में हमारे मदद की जरूरत पड़े—निस्संकोच चले आना हम तुम्हारी हर तरह से मदद करेंगे... ।" अपनेपन से भरा हुआ स्वर था सेठ किशोरी लाल का।

"आपने मुझे माफ कर दिया—मेरे लिए इतना ही बहुत है—सच पूछिए तो सर—आपका अहसान जिन्दगी भर नहीं भुला पाऊँगा मैं—अच्छा अब मैं चलूँ सर...।"

"हाँ—जाना तो तुम्हें होगा ही मिस्टर चन्द्र प्रकाश—मगर एक बात तो हम कहना भूल ही गये...।"

"जी...।"

"कामिया ने हमसे आज तक कोई भी बात नहीं छुपायी—तुम्हारी हर हरकत के बारे में जानकारी है हमारे पास—हमें तुमसे कहना है तो सिर्फ इतना ही कि आज के बाद तुम कभी भी कामिया से मिलने की कोशिश नहीं करोगे—अगर कामिया कभी तुम्हारे रास्ते में—तुम्हारे सामने आ भी गयी तो तुम अपना रास्ता बदल लोगे...।"

"जी...।" बस इतना ही कह सका नन्हें—सिर झुकाये हुए।

"जाओ—अब तुम जा सकते हो—और हाँ—हमारी इस बात को मत भूलना कि हम तुम्हारी हर तरह से मदद करने को तैयार हैं—हाँ, हम ड्राइवर से बोल देते हैं कि वह तुम्हें घर तक छोड़ आये।"

सेठ किशोरी लाल का यह रूप अप्रत्याशित था नन्हें के लिये, मगर फिर भी खामोश ही रहा था वह।

कुछ ही समय में सेठ किशोरी लाल की कीमती कार में समाया हुआ वह घर की तरफ बढ़ रहा था।

अपनी आदत से मजबूर बसेसर राम जी का कसूर सिर्फ इतना ही था कि उन्होंने प्रीतम उस्ताद को अपना दोस्त समझकर उससे कुछ रुपये उधार ले लिये थे—प्रीतम उस्ताद मँझली को पूरी तरह से अपने काबू में रखना चाहता था इसीलिए उसने ये रुपये बसेसर राम को दिये भी थे—वरना तो...।

टोनी के चक्कर में फँसने के बाद प्रीतम उस्ताद ने जब मँझली को पूरी तरह से अपने हाथ से निकलते देखा तो वह बुरी तरह से बौखला उठा—मँझली ने अब उनके यहाँ आना भी बन्द कर दिया था—प्रीतम उस्ताद ने जब मँझली पर काबू पाने का और कोई रास्ता नहीं देखा तो अपने एक बदमाश टाइप के आदमी को बसेसर राम के घर पर भेज दिया, बसेसर राम से अपने रुपये वसूलने के लिये।

परिणाम तुरन्त सामने आया—बसेसर राम तुरन्त प्रीतम उस्ताद से मिले—वह गँवार दादा टाइप आदमी जो उनके दरवाजे पर रकम वसूली के लिए पहुँचा

था—उसके हाथों अपनी बेज्जती करवाने से तो यही अच्छा था कि वह प्रीतम उस्ताद से खुद ही मिलकर सारी बात करें।

बसेसर राम को देखते ही प्रीतम उस्ताद ने तो रंग ही बदल लिया—वह बसेसर राम से इस तरह मिला जैसे रुपयों की तो कोई बात ही नहीं हो—वह तो बस रूपा के विषय में बात करना चाहता था।

बसेसर राम एक बार फिर प्रीतम उस्ताद की बातों में आ गये और उन्हें जब पता चला कि रूपा यानि मँझली टोनी नाम के एक आवारा लड़के के साथ घूमती-फिरती है तो उन्होंने प्रीतम उस्ताद से रूपा को किसी भी तरह डाँट-डपटकर समझाने बुझाने का वादा किया—वैसे अब प्रीतम उस्ताद की असलियत भी कुछ-कुछ तो समझते ही जा रहे थे वह।

मँझली को जब पिता बसेसर राम से सारी बात का पता चला तो वह अवाक् रह गयी। तब उसने पहली बार उन्हें बताया कि प्रीतम उस्ताद की नीयत अच्छी नहीं—उसे गीत-संगीत सिखाने की आड़ में वह उसके साथ उलटी-सीधी हरकतें करने की कोशिशें करता है—उसे बहलाने-फुसलाने की कोशिश करता है...।

"मेरे खयाल से तो तुझे ना प्रीतम उस्ताद के पास जाने की ही जरूरत है और ना ही उस लफंगे टोनी के साथ घूमने-फिरने की...।" गम्भीर था बसेसर राम का स्वर।

"मगर...मगर बापू टोनी तो...।"

"टोनी कैसा है—ये भी खूब जानता हूँ मैं—खबरदार जो तू अब प्रीतम उस्ताद या टोनी में से किसी से भी मिली तो—रही प्रीतम उस्ताद के कर्जे की बात तो वह मैं खुद निपटा दूँगा, उसका पैसा कोई मार थोड़े ही लेंगे हम—उधार लिया है जब होगा तब चुका देंगे...।"

सिर झुकाये हुए खामोश रही मँझली—अब कुछ कहने के लिए बचा क्या था उसके पास।

कल बड़की को देखने के लिए अश्वनी के चाचा जी आ रहे थे—अश्वनी के पास आयी उनकी पहली चिट्ठी में तो यही लिखा था। मगर आज ना जाने क्या बात थी जो अश्वनी उनके घर पर इतना उदास, मायूस-सा आया था।

"क्या बात है अश्वनी बेटे—इतने परेशान क्यों हो तुम—क्या घर में कोई बात हो गयी?"

"नहीं बसेसर राम जी घर पर तो कोई बात नहीं हुई मगर...।"

"मगर क्या...?"

"अरे बसेसर–भाई पहले आराम से बैठने तो दे अश्वनी बेटे को और हाँ, छुटकी तू जरा ठंडे पानी का गिलास तो ले आ...।"

"अभी लायी दादा जी...।"

और पानी पीने के बाद अश्वनी अपने आपको कुछ सहज कर पाया।

"क्या बात है बेटे–देखो साफ-साफ बता दो भाई–हाँ, आज तो तुम्हारे चाचा आने वाले थे ना दिल्ली में–कल तो वह बड़की को देखने के लिए आने वाले हैं ना–तुम बिल्कुल भी चिन्ता मत करो–हमने सब इन्तजाम कर लिया है।"

"अब इन्तजाम का कोई फायदा नहीं दादा जी...।" किसी तरह कह ही उठा था अश्वनी।

"क्या...।"

सब अवाक् रह गये–एक टक अश्वनी की तरफ देखते हुए–हर दिल को अपनी धड़कनें तेज होती जान पड़ीं–बस बड़की ही अपने आप पर पूरी तरह से काबू रखे हुए अश्वनी की तरफ एक टक देखती रही।

"जानते हो बेटे–ये तुम क्या कह रहे हो–तुमने तो खुद ही बड़की का हाथ माँगा था।" बसेसर राम का स्वर लड़खड़ा उठा।

"गुणवन्ती जी को पाना तो अभी भी मेरा ख्वाब है बसेसर राम जी–मेरी जिन्दगी में गुणवन्ती जी जैसी नारी आये इससे बड़ी बात और क्या हो सकती है मेरे लिए...।"

"तब...तब फिर...।"

"चाचा जी आपकी बड़की को एक बार पहले भी देख चुके हैं बसेसर राम जी...।"

"ये...ये तुम क्या कह रहे हो बेटे–ऐसा भला किस तरह हो सकता है...।"

"मेरे चाचा जी का नाम जटाशंकर है दादा जी...।"

"क्या...।" बुरी तरह से चौंक पड़े बसेसर राम जी–"जो बड़की को जयपुर से या कानपुर से देखने के लिए आये थे...।"

"जी हाँ–और जटाशंकर जी के साथ बड़की की क्या बात हुई ये बड़की जी मुझे पहले भी बता चुकी हैं...।"

"बेटे–तुम तो जानते ही हो–बड़की उस वक्त...।"

"नहीं बसेसर राम जी–मैं यह नहीं कह रहा कि गुणवन्ती जी ने जटाशंकर जी को कुछ कहकर कोई गलत कदम उठाया–मैंने तो खुद ही गुणवन्ती जी की इस साहस के लिए तारीफ की थी...।"

"तब...। तब फिर...।"

"इसे सिर्फ संयोग ही कहा जा सकता है कि जिनके साथ गुणवन्ती जी की यह बात हुई—वह मेरे चाचा जी थे—वैसे इस बात से हम सब अन्जान थे—मगर जब मैंने चाचा जी को चिट्ठी लिखकर आप सबके बारे में विस्तार से बताया तो उनका यह जवाब आ गया कि उन्हें यह रिश्ता मंजूर नहीं—क्योंकि गुणवन्ती जी और उनका सामना पहले ही हो चुका है...।"

"तुम एक बार उन्हें सच्चाई बताने की कोशिश तो करो बेटे—बड़की उनसे अपनी भूल के लिए माफी भी माँग लेगी...।"

"नहीं बापू—मैंने जब कोई अपराध ही नहीं किया तो माफी किस बात की।" बड़की पहली बार ही बोली मगर दृढ़ स्वर में।

"नहीं गुणवन्ती जी—मैं आपको क्षमा माँगने के लिए कह भी नहीं रहा—दरअसल गलती ना चाचा जी की थी और ना ही आपकी—उन्होंने जो कहा था वह दहेज के लालच की नीयत से नहीं कहा था और आप पहले ही बहुत कुछ सहन कर चुकी थीं—खैर मैं खुद चाचा जी से बात करके उन्हें समझाने की कोशिश करूँगा—और इसीलिए मैं आज ही बस से उनके पास जा रहा हूँ...।"

"बस बेटा—अब तुम ही कुछ कर सकते हो...।" बसेसर राम ने अश्वनी का हाथ पकड़ लिया। "हमारी इज्जत तो अब तुम्हारे ही हाथ में है बेटे...।"

"अरे—आप कैसी बात कर रहे हैं बसेसर राम जी—गुणवन्ती जी को खो देने की बात तो मैं सोच भी नहीं सकता...।"

और अश्वनी की इस बात से काफी बल मिला सभी को—हाँ, सभी के मन में यह बात जरूर थी कि काश बड़की उस दिन जटाशंकर जी के सामने खामोश ही रहती—तब...।

मगर बड़की तो सिर झुकाये हुए ना जाने क्या ही सोच रही थी—उसके मन की बात तो सिर्फ वही जान सकती थी—सिर्फ वही।

"ओह—तो यह बात है...।" त्रिभुवन पाण्डे उर्फ टोनी की मुखमुद्रा गम्भीर हो उठी।

"मैं सच कह रही हूँ टोनी—अब इस तरह हमारा मिलना किसी भी तरह सम्भव नहीं।"

"और इसमें सिर्फ प्रीतम उस्ताद का हाथ है—उसने तुम्हारे पिता जी को उधार की आड़ में डराया धमकाया ना...।"

"हाँ...।" स्वीकार किया मँझली ने—"और फिर टोनी—प्रीतम उस्ताद ने जो

रकम बापू को दी है—वह भी तो कम नहीं—सब कुछ जोड़-जाड़कर तीन हजार चार सौ पचहत्तर रुपये बता रहा है वह...।"

"जब तुम हीरोइन बन जाओगी ना—तब यह रकम तुम्हें बेहद मामूली लगेगी।"

"सच टोनी...।"

"जी हाँ—मिस रूपा—पता नहीं उस वक्त आपको यह शुभ-चिन्तक टोनी याद भी रहेगा या नहीं—फिलहाल टोनी इस वक्त आपको प्रीतम उस्ताद के चंगुल से निकालने के लिए आपकी पूरी-पूरी मदद करेगा—चिन्ता मत करो रूपा—हम शाम तक प्रीतम उस्ताद का सारा कर्ज अदा कर देंगे...।"

"ये—ये तुम सच कह रहे हो टोनी...।" रूपा को जैसे यकीन ही नहीं हुआ।

"क्या बात है रूपा—आज तुम्हें टोनी की हर बात झूठ क्यों लग रही है—वैसे सच पूछो तो तुम्हारी मदद मैं नहीं, केसरी कर रहा है—केसरी यानि कि निक्का।"

"मगर...।"

"मगर क्या रूपा—अपनी फिल्म के लिए बतौर हीरोइन साइन कर रहा है तुम्हें—साइनिंग एमाउंट भी नहीं देगा क्या—ये देखो पूरे पाँच हाजर रुपये दिये हैं उसने—प्रीतम उस्ताद का कर्ज उतारने के बाद भी हमारे पास सवा हजार रुपये और बचेंगे।"

अब तो अविश्वास की कोई बात ही नहीं थी—टोनी की तरफ देखती रह गयी थी वह—टोनी के हाथ में पकड़े हुए रुपये इस बात का खुला सबूत थे कि अब शीघ्र ही उसकी जिन्दगी का सबसे बड़ा ख्वाब पूरा हो जाएगा।

अवाक् रह गया नन्हें

उसने तो ख्वाब में कभी नहीं सोचा था कि यहाँ इस तरह कामिया से सामना हो जाएगा उसका...। कहाँ तो वह कामिया से मिलने के अवसर तलाशता रहता था और कहाँ अब कामिया सामने खड़ी थी और वह हतप्रभ-सा खड़ा था।

"कामिया जी आप...।"

"पहले हमारी जान-पहचान भी नहीं थी मिस्टर चन्द्र प्रकाश और उस वक्त आप हमें सिर्फ कामिया कहकर ही बुलाया करते थे—और आज तो हम भले ही एक दूसरे के गहरे परिचित ना हों—मगर अपरिचित भी तो नहीं हैं...।"

"कल की और आज की बात में बहुत अन्तर है कामिया जी...।"

"नहीं—हमारी निगाहों में तो कोई भी अन्तर नहीं। फिर सच पूछिए तो कल

तक भी हमें आपकी शरारतें बुरी नहीं लगी थीं और आज तो...।"

"आज...!"

"आज ये शरारतें हमें काफी अच्छी लगने लगी हैं मिस्टर चन्द्रप्रकाश...।"

"नहीं-नहीं—ऐसा मत कहिए आज वरना...।"

"वरना क्या...। लगता है हमारे पापा से डर गये आप—अरे पापा तो बड़े अच्छे स्वभाव के इनसान हैं।"

"हाँ कामिया जी—स्वभाव अच्छा है—तभी तो उन्होंने माफ कर दिया हमें—मगर...।"

"लगता है कल तक जो हमें चाहने का दावा करते रहे आप—वो झूठा था—एक फरेब था हमारी भावनाओं के साथ खिलवाड़ करने की कोशिश कर रहे थे आप...।"

"ये बात सिर्फ नन्हें ही जान सकता है मिस कामिया और आपका दिल ही जान सकता है—हाँ, रही आपके पापा की बात तो आपको अपने पिता के अच्छे स्वभाव के बारे में तो पता है मगर अपने पिता के काले धन्धे के बारे में नहीं पता...।"

"मेरे पापा का धन्धा काला है या सफेद—इस बारे में मुझे जानकारी नहीं मिस्टर चन्द्र प्रकाश अगर किसी बात की जानकारी है तो वह इस बात की कि मेरे पिता इस शहर की बहुत बड़ी हस्ती हैं। पापा के बिजनेस में कोई भी रुचि नहीं है मेरी।"

"रुचि मेरी भी नहीं थी मिस कामिया मगर आप इस बात से किस तरह से अन्जान होंगी कि कल ही आपके पिता सेठ किशोरी ने मुझे एक बार फिर बुलवाया...।"

"आपको मिस्टर चन्द्र...।" चौंक उठी कामिया।

"हाँ, मुझे ही बुलाया उन्होंने और बोले कि उन्होंने मुझे उस अपराध के लिए जो माफी दी है—उसकी एवज में मुझे उनका एक काम करना होगा—उनका एक खाली ब्रीफकेस एक जगह तक पहुँचाना होगा।"

"खाली ब्रीफकेस...।" यकीनन बहुत मजेदार किस्सा है बिल्कुल फिल्मों की तरह...।"

"आगे की कहानी भी फिल्मों की तरह ही है मिस कामिया—जब मैंने ब्रीफकेस को पूरी तरह से खाली देखा तो मैंने किशोरी लाल जी की बात मानने में कोई हर्ज नहीं समझा—वैसे भी आपके पापा का रुख बता रहा था कि मुझे उनकी बात माननी ही पड़ेगी...।"

खामोश ही रही कामिया—नन्हें को अपनी बात पूरी करने देने की सोच के

साथ।

"और शाम को जब उस ब्रीफकेस को उस स्थान पर छोड़ देना चाहा—जहाँ का आदेश मुझे मिला था—तो वहाँ पुलिस के द्वारा घेर लिया गया मैं... ।"

"पुलिस... ।" चौंक उठी कामिया—चेहरे पर हैरत के भाव भी तैरते चले गये।

"जी हाँ मिस कामिया—और पुलिस स्टेशन में जब मुझ पर टार्चर किया गया—तब पहली बार पता चला मुझे कि उस ब्रीफकेस की सतहों में कोई नशीला पाऊडर भरा गया था... ।"

"हमें तो अभी भी आपकी बात पर यकीन नहीं हो पा रहा है मिस्टर चन्द्र... ।"

"मगर मैंने यह सब कुछ अपने तन और मन दोनों पर भोगा है मिस कामिया—आप जानती हैं पुलिस को खिला-पिलाकर मुझे रिहा करवाने वाली हस्ती भी आपके पिता सेठ किशोरी लाल जी ही थे... ।"

"मगर यह सब कुछ क्यों किया पापा ने... ।" जैसे स्वयं से ही पूछा कामिया ने।

"यह बात तो आपके पापा ही बेहतर जान सकते हैं मिस कामिया—मैं जानता हूँ तो सिर्फ इतना ही कि वह चाहते हैं कि मैं उनके साथ काम करूँ—और मैं इन काले रास्तों पर चलने की सोच भी नहीं सकता—मेरे ख्याल से तो इसीलिए ये सारा जाल फैलाया उन्होंने—जिससे कि ना तो मैं भविष्य में उनके किसी आदेश पर अमल करने से इनकार कर सकूँ और... ।"

"मैं आज ही बात करूँगी पापा से... ।"

"अगर आप अपने पापा से बात करेंगी तो वह फौरन जान जाएँगे कि यह सब कुछ मैंने ही आपसे कहा है—और यह बात वह किसी भी स्थिति में सहन नहीं कर पाएँगे... ।"

"मगर क्यों... ।"

"क्योंकि आपके सामने मेरी हैसियत मखमल में टाट की-सी है और वह कभी भी मुझ जैसे टाट और आप जैसे मखमल को आमने-सामने भी नहीं सहन कर सकते... ।"

"चन्द्र आप... ।"

"अपनी एक भूल की मैं पहले ही बहुत बड़ी सजा भुगत चुका हूँ मिस कामिया—आपको चाहा है ना मैंने—जमीन पर खड़े बौने की तरह हाथ उठाकर आकाश को छूने की कोशिश की है—अपनी इस गुस्ताखी के लिए और भी ना जाने क्या-क्या भोगना होगा मुझे... ।"

कुछ बोली नहीं कामिया—चन्द्र प्रकाश की टूटी हुई मानसिक स्थिति का अनुमान लगाते हुए वहीं खड़ी रही हतप्रभ-सी।

"ओ.के. मिस कामिया–हो सके तो स्ट्रीट रोमियो समझकर ही भुला दीजिएगा मुझे–आपकी शान में जो भी गुस्ताखी हुई हो मुझसे–उसके लिए माफी ही माँग सकता हूँ मैं–हो सके तो माफ कर दीजिएगा मुझे...।" कहते हुए दोनों हाथों को निस्संकोच ही जोड़ दिया नन्हें ने।

अवाक् सी कामिया अभी भी नन्हें की तरफ ही देख रही थी–एक टक।

और कामिया को उसी स्थिति में छोड़कर एकाएक झटके से मुड़ा नन्हें और फिर पीछे मुड़कर देखे बिना ही तेज कदमों से चला गया, कामिया की निगाहों से दूर निकलता चला गया क्षण-प्रतिक्षण।

तूफान तो कामिया के दिल में भी उठ खड़ा हुआ था।

कुछ बोला नहीं वह धूर्त्त प्रीतम उस्ताद–बस खामोशी से मँझली के तेवर देखता रह गया।

"तुम्हारे हमारे ऊपर तीन हजार चार सौ पहचत्तर रुपये ही निकलते हैं ना–मैं लायी हूँ रुपये, ये देखो।" कहते हुए मँझली ने हाथ में पकड़ा हुआ पर्स खोलकर प्रीतम उस्ताद को रुपयों की झलक दिखायी और फिर आगे बोली।

"मगर इससे पहले मुझे वह रसीद चाहिए जो तुमने मेरे बापू से लिखवा ली थी–और हाँ, रकम वसूली की रसीद भी...।"

"मगर रूपा बेटी तुम...।"

"बस खबरदार जो अब मुझे बेटी या कुछ और कहा चाचा-ए-बुजुर्गवार–फिर तुम्हारी बुजुर्गी का खयाल नहीं करूँगी मैं।"

और मँझली के इस तीखे व्यंग्य पर अन्दर तक तिलमिला उठा प्रीतम उस्ताद–पास ही बैठी हुई रेनुका से बोला।

"जाओ रेनुका–बसेसर राम वाली रसीद ले आओ–और एक खाली कागज और पेन भी...।"

और रेनुका ने प्रीतम उस्ताद के आदेश का यंत्रवत पालन किया–वह प्रीतम उस्ताद की पत्नी तो नहीं, हाँ रखैल अवश्य थी।

प्रीतम उस्ताद ने खामोशी से दोनों रसीदें मँझली को दे दीं–बसेसर राम के कर्ज की भी और रकम वसूली की भी–और फिर अपना खाली हाथ मँझली की तरफ बढ़ा दिया–"लाओ रुपये लाओ...।"

और मँझली ने रुपयों का वह पुलिन्दा प्रीतम उस्ताद की तरफ बढ़ा दिया।

"अच्छी तरह से गिन लो प्रीतम उस्ताद–मैं नहीं चाहती–हमारा तुम्हारा कोई

भी हिसाब-किताब बाकी रहे... ।"

रुपयों को उसी तरह बिना गिने ही रेनुका को थमाता हुआ मुस्करा उठा प्रीतम उस्ताद "हिसाब-किताब तो मैं भी बराबर कर लेना चाहता हूँ रूपा रानी... ।" जहरीली मुस्कराहट के साथ बोला वह और दूसरे ही क्षण उसने कमर में छिपा हुआ एक लम्बा धारदार चाकू खींच लिया।

"आई...अ... ।" फटी-फटी आँखों के साथ प्रीतम उस्ताद को देखते हुए भय से चीत्कार कर उठी वह। और इससे पहले कि प्रीतम उस्ताद के उठे हुए हाथ से वह चाकू मँझली के सीने में उतर पाता–रुपयों को जमीन पर गिराते हुए तीव्रता से चाकू के फल को दोनों हाथों के बीच भींच लिया रेनुका ने।

"छोड़ो–छोड़ दो रेनुका, छोड़ दो–हिसाब-किताब चुका लेने दो मुझे... ।"

"उफ–नहीं प्रीतम नहीं–पागल हो गये हो क्या–और तुम भी क्या देख रही हो–जाओ भाग जाओ यहाँ से... ।"

और मूरत बनी थर-थर काँपती रूपा को होश आ गया–मुड़कर दौड़ते कदमों के साथ कमरे से बाहर निकल गयी वह।

रेनुका अभी भी चाकू के फल को हाथों में भींचे हुए थी–हथेलियों से ताजा गर्म लहू बह रहा था।

दूसरी तरफ–अपनी जान बचाकर दौड़ती हुई मँझली बाहर सड़क पर पहुँची थी–जहाँ टोनी मोटरसाइकिल स्टार्ट किये हुए उसका इन्तजार कर रहा था।

"क्या बात है रूपा–बहुत घबरायी हुई लग रही हो–काम हो गया ना... ।"

"हाँ, टोनी हाँ–काम तो हो गया–मगर मुझे यहाँ से ले चलो–अब यहाँ और नहीं रहना चाहती मैं–ना जनता कॉलोनी के फ्लैट में और ना ही इस शहर में... ।"

"मैं तो तुम्हें हजार बार कहता रहा यार–तुम्हारी जरूरत बम्बई को है–इस शहर को नहीं–मगर तुम हमेशा यही कहती रहीं कि तुम्हारे घर वाले इजाजत नहीं देंगे... ।"

"मगर अब किसी की भी इजाजत की जरूरत भी नहीं–यहाँ रही तो इसी तरह से घुटघुटकर मर जाऊँगी या फिर कोई प्रीतम उस्ताद मार डालेगा मुझे–चलो टोनी बम्बई ही ले चलो मुझे–आज ही और इसी वक्त ही–प्लीज टोनी... ।"

और टोनी ने मुस्कराते हुए अपनी मोटरसाईकिल को आगे बढ़ा दिया–डरी सहमी हुई मँझली उसकी कमर में बाँह फँसाते हुए उससे चिपक-सी गयी थी–निस्सन्देह असुरक्षा की भावना के कारण।

"चाचा जी आप... ।"

"देखो अश्वनी बेटे—हमने तुमसे ज्यादा दुनिया देखी है—हमने तुम्हें जो कुछ चिट्ठी में लिखा था उस बात में कोई भी फेर-बदल सम्भव नहीं...।"

"मगर चाचा जी...।"

"हमने जो बात एक बार कह दी—वही बात बार-बार कहेंगे—हाँ, तुम्हें याद होगा—दिल्ली से इधर आते समय हमने तुमसे पूछा भी था कि तुम उसकी इतनी तरफदारी क्यों कर रहे हो अश्वनी—अगर तुम उसे जानते और चाहते हो—और उससे शादी करना चाहते हो तो हम तुम्हारे रास्ते में आड़े नहीं आएँगे...।"

"उस वक्त मैं नहीं जानता था चाचा जी कि आप गुणवन्ती के बारे में बात कर रहे हैं। और फिर आपने सिर्फ इतना ही कहा था कि आप जनता कालोनी में रहने वाले एक—गरीब परिवार की लड़की देखने गये थे। अता-पता तो भी कुछ नहीं बताया था ना आप...।"

"चलो ऐसा ही सही—अब तो सारी तस्वीर तुम्हारे सामने आ गयी है ना अश्वनी बेटे और ये रिश्ता तुम्हारे चाचा जी को मंजूर नहीं...।"

"चाचा जी इसमें उस लड़की यानि गुणवन्ती का भी कोई कसूर नहीं...।"

"हाँ, कसूर तो हमारा ही था बेटे जो रंजन के कहने पर हम उनके घर जा पहुँचे...।"

"ऐसी बात नहीं है चाचा जी—वह बहुत अच्छी लड़की है—दूसरों की बात तो नहीं कहता मगर आपके अश्वनी की जिन्दगी को बहुत ही खूबसूरत बना देगी वह—और फिर चाचा जी...।"

"बस—अब रहने दो अश्वनी बेटे—तुम अगर गुणवन्ती से ही शादी करना चाहते हो तो हम कौन होते हैं तुम्हें रोकने वाले...।"

"नहीं-नहीं—ऐसा मत कहिए चाचा जी...।" बुरी तरह से तड़प उठा अश्वनी—"आप खुद ही जानते हैं कि आपके सिवा इस भरी दुनिया में मेरा और कोई भी नहीं...।"

"तब फिर ये बात अच्छी तरह से जान लो अश्वनी बेटे—आज तुम उस दोराहे पर आ खड़े हुए हो जहाँ एक ओर वह लड़की गुणवन्ती है और दूसरे रास्ते पर तुम्हारा चाचा जटाशंकर। चला तो एक ही रास्ते पर जा सकता है ना—चाहे जिसे चुन लो—ये अब तुम्हारे हाथ में है...।"

अश्वनी सन्नाटे की-सी हालत में चाचा जटाशंकर की तरफ देखता रह गया—दिलोदिमाग में एक बवंडर-सा उठ खड़ा हुआ।

मँझली उसी दिन टोनी के साथ बम्बई चली गयी—हाँ, सिर्फ टोनी और मँझली ही

नहीं उनके साथ नरेन्द्र केसरी भी—केसरी यानि कि निक्का।

बसेसर राम और उनके परिवार के लिए मँझली का इस तरह घर से चले जाना एकदम अप्रत्याशित स्थिति थी—मँझली इतना बड़ा कदम भी उठा सकती है—यह तो वह सोच भी नहीं सकते थे, मगर सच को झुठला भी कैसे सकते थे—मँझली जाते जाते बसेसर राम के लिए एक पत्र भी छोड़ गयी थी ना।

मँझली की छानबीन करने पर पता चला कि त्रिभुवन यानि टोनी भी यहाँ नहीं है—और टोनी की छानबीन के वक्त नरेन्द्र केसरी के भी वहाँ से गायब होने का पता चला—केसरी बम्बई गया हुआ है—अपनी किसी फिल्म के सिलसिले में—केसरी की पत्नी से यही जानकारी मिली और केसरी के बम्बई जाने की बात से इस बात की भी पूरी तरह पुष्टि हो गयी कि टोनी और मँझली भी बम्बई ही गये होंगे—मँझली के हीरोइन बनने की चाह किसी से छिपी हुई नहीं थी।

मगर बम्बई जाकर भी तो इतने बड़े महानगर में मँझली को तलाश करना आसान बात नहीं थी—वैसे नन्हें इस बात से अपरिचित नहीं था कि सेठ किशोरी लाल नरेन्द्र केसरी के प्रतिद्वन्द्वी हैं और उनके पास नरेन्द्र केसरी की हर गतिविधि का पूरा-पूरा हिसाब-किताब रहता है।

अब नन्हें को एक बार फिर मदद माँगने के लिए जाना पड़ा—मँझली को तलाश करने की मदद—और सेठ किशोरीलाल नन्हें की पूरी बात सुनने के बाद मुस्कराते हुए बोले।

"अजीब बात है चन्द्र...।"

"क्या सर...।" मँझली का घर से इस तरह भाग जाना—हम सब खुद भी बेहद हैरान हैं कि...।"

"नहीं चन्द्र—अजीब बात यह नहीं कि तुम्हारी बहन हीरोइन बनने के लिए घर से भाग गयी—आगे बढ़ने की लालसा में जवान खून में अक्सर उबाल आ जाया करता है—तुम्हारी बहन भी फिल्म हीरोइन बनने की चाह में घर से भाग गयी—बिना इस बात पर विचार किये हुए ही कि उसके पास हीरोइनों जैसा रंग-रूप, योग्यता भी है या नहीं...।"

"आप...। आप उसे जानते हैं सर...।"

"तुम तो जानते हैं—और जब तुम्हें जानते हैं तो तुम्हारे परिवार के एक-एक सदस्य की गतिविधियों की जानकारी भी तो होनी चाहिए हमें—हम नरक की दुनिया के बेताज बादशाह हैं ना...।"

खामोश रहा नन्हें—सेठ किशोरी लाल के हाथ कितने लम्बे हैं, यह वह उस

वक्त महसूस कर चुका था जब उन्होंने उसे पुलिस को दस हजार की रिश्वत देकर स्मगलिंग के जुर्म से बेदाग छुड़वा लिया था। इस बात के तो वह सपने में भी नहीं सोच सकता था कि वह पुलिस स्टेशन भी नकली था और वह पुलिस वाले भी नकली—यह सब तो सेठ किशोरी लाल के शैतानी दिमाग की छोटी-सी चाल थी—नन्हें को अपने काबू में रखने की चाल।

"अजीब बात तो यह है चन्दर कि तुमने इस बात को कैसे सोच लिया कि हम इतने बड़े महानगर में से तुम्हारी बहन मँझली की तलाश कर सकते हैं...।" कहते हुए उनकी निगाहें नन्हें के चेहरे पर टिकी रहीं—नन्हें या चन्द्र प्रकाश कहने के स्थान पर उसे चन्द्र कहकर पुकारना पसन्द था उन्हें।

"मैं जानता हूँ सर—आप कुछ भी कर सकते हैं—आप सब कुछ जानते हैं सर और...।"

"हूँ—तो तुम्हें इस बात का यकीन है कि हम सब कुछ जानते हैं—और फिर भी तुम हमारी बेटी कामिया को हमारे ही खिलाफ भड़काने की कोशिश करते रहे...।"

सकपका-सा गया नन्हें—झुकती हुई निगाहों के साथ चेहरा भी झुकता चला गया। झुके हुए चेहरे के साथ वह अगर कुछ कह सका तो सिर्फ इतना ही—

"सॉरी सर...।"

नन्हें की तरफ देखते हुए सेठ किशोरी लाल ना जाने क्या सोचकर अनायास ही मुस्करा उठे।

"काले धन्धे और काले धन्धे वालों से तुम्हें नफरत है ना चन्दर—तब फिर हमारे पास क्या करने आये हो...।"

खामोश रहा नन्हें—चेहरा झुकाये हुए ही—सेठ किशोरी लाल के सवाल का जवाब उसके पास था ही नहीं।

"देखो चन्दर—आकाश को छूना तमन्ना है ना तुम्हारी? अगर ऊपर उठना चाहते हो तो आज नहीं लेकिन कल तो तुम्हें मेरी शरण में आना ही होगा—वरना ना तो जी सकोगे तुम और ना ही मर सकोगे—हर दम घुट-घुटकर जीना होगा तुम्हें...।"

अभी भी खामोश रहा नन्हें...।

"खैर—हमें इस बात की तो खुशी हुई कि तुमने अपने आपको कामिया से दूर रखने का निश्चय कर लिया है...।"

"सर—सर आप...।"

"चौंको मत चन्दर—हमें हर बात का पता रहता है...।"

"तब फिर सर—मेरी बहन मँझली...।"

"हाँ चन्दर उसका पता भी चला लेंगे हम—अभी और यहीं बैठे-बैठे... ।" पाइप का धुआँ उड़ाते हुए किशोरी लाल ने धीरे से ताली बजायी।

दूसरे ही क्षण एक सूटेड-बूटेड व्यक्ति हाजिर था—यह कोई और नहीं सचदेवा था, किशोरी लाल का प्राइवेट सेक्रेटरी, सचदेवा।

"जी सर... ।" सिर झुकाते हुए किशोरी लाल के सामने खड़ा हो गया वह—किसी खरीदे हुए गुलाम की तरह।

"केसरी बम्बई में है—जानते हो... ।"

"जानता हूँ सर—हमारे आदमी केसरी के बारे में रोज ही पूरी रिपोर्ट फोन पर देते रहे हैं... ।"

"होटल में ही ठहरा होगा वह... ।"

"जी हाँ सर—एक फाइव स्टार होटल में सूइट लिया हुआ है उसने और हाँ, उसके साथ राजकुमार नाम का एक आवारा-सा लड़का और एक लड़की भी है—वैसे केसरी घर पर तो यही बताकर गया है कि वह अकेला ही जा रहा है—मगर यह लड़का और लड़की भी दिल्ली के ही हैं... ।"

"हाँ सचदेवा—वह लड़की चन्दर की बहन रूपवन्ती है—मँझली उर्फ रूपवन्ती उर्फ मिस रूपा मगर वह राजकुमार... ।"

"होटल के रजिस्टर में उस लड़के ने अपना यही नाम दर्ज किया है सर—वैसे वह लड़का यहाँ दिल्ली में त्रिभुवन उर्फ टोनी के नाम से जाना जाता रहा है सर... ।"

"जी हाँ सर—टोनी ही मँझली के साथ गया है—वही उसके साथ होगा... ।" नन्हें बीच में ही बोल उठा।

"ठीक है सचदेवा—केसरी को अभी फोन करो और उससे कहो कि हमें मँझली यानि बम्बई की मिस रूपा के बारे में पूरी-पूरी रिपोर्ट चाहिए... ।"

"अभी लीजिए सर... ।"

"अगर आप कहें तो सर मैं भी सचदेवा जी के साथ... ।"

"हाँ—हाँ... ।" सचदेवा, मिस्टर चन्दर को भी अपने साथ ले जाइए और हाँ, याद रहे—मँझली के बारे में पूरी रिपोर्ट आज ही चाहिए... ।"

"जी सर... ।"

और सचदेवा और नन्हें के जाने के बाद पाइप का धुआँ उड़ाते हुए सेठ किशोरी लाल ना जाने किस सोच में डूब गये थे।

"मगर मिस्टर केसरी... ।"

"उफ–तुम समझने की कोशिश क्यों नहीं करतीं रूपा–ये सब बातें इतनी आसान नहीं हैं–जितनी तुम समझ रही हो–फिल्म लाइन में एक छोटी-सी बात ही ना जाने कितने दिन खींचकर ले जाती है–अब ऐसा तो सम्भव नहीं है ना कि चार टाप प्रोड्यूसर तुम्हें बिना देखे हुए ही साइन कर लें और चालीस-पचास हजार रुपये साइनिंग एमाउंट वसूल करके तुम अपने घरवालों का मुँह बद कर सको। ये मत भूलो कि तुम्हारे घरवालों को पता चल चुका है कि तुम और टोनी दोनों मेरे साथ हो–किशोरी लाल खुद इस बारे में पूरी छानबीन कर रहा है...।"

"आप सेठ किशोरी लाल की ही बात कर रहे हैं ना...।"

"तुम कैसे जानती हो किशोरी लाल को...।" चौंकते हुए नरेन्द्र केसरी ने मँझली की तरफ देखा।

"मैं तो नहीं मगर मेरा भाई नन्हें बहुत अच्छी तरह से जानता है...।"

"ओह तो किशोरी लाल ये सारी छानबीन तुम्हारे भाई नन्हें के कारण ही कर रहा है...।"

"हाँ शायद–मगर मैं वापिस नहीं जाना चाहती केसरी जी–जनता कॉलोनी के उस फ्लैट में घुटन महसूस होती है मुझे।"

"और इस फाइव स्टार होटल में स्वर्ग का सुख मिलता है तुम्हें।" मुस्करा उठा केसरी–अजीब-सी मुस्कराहट–"वैसे रूपा कल तक तो तुम अपने आपको बहुत अमीर खानदान की इकलौती वारिस बताती रही हो–फिल्मों में तो तुम महज शौक के लिए काम करना चाहती हो ना...।"

क्या कहती मँझली–सिटपिटा-सी गयी। यानि

"आप तो सारी असलियत जानते हैं ना मिस्टर केसरी–तब फिर इन सब बातों का क्या फायदा–और यह मत भूलिए कि रूपा के बम्बई भागने के किस्से के साथ आपका नाम भी जुड़ा हुआ है–अगर यह बात ज्यादा उछली तो इसके साथ ही आपका नाम भी उछलेगा और अगर इस तरह यह बात आपकी शक्की पत्नी के कानों में पड़ती है तो...।" टोनी पहली बार बोला।

"यही तो मुसीबत है टोनी–हाँ, रूपा अगर यहाँ बम्बई में ही रहना है तो जैसा मैं कहूँगा–वैसा ही करना होगा।"

"हाँ, आप जो भी कहेंगे–मैं वही करूँगी...।"

"टोनी से शादी कर सकोगी...।"

"क्या...।" चौंक उठी मँझली–चकित-सी केसरी की तरफ देखती रह गयी।

"घबराओ मत–ये शादी सिर्फ नाम की ही शादी होगी–और फिर शादी भी क्या होगी–बस तुम दोनों की दूल्हा-दुल्हन के रूप में एक तस्वीर खींचनी होगी–और

दो तस्वीरों में तुम दोनों एक दूसरे के गले में वरमाला डाल रहे होंगे...।"

"मगर इससे फायदा भी क्या होगा...।"

"बहुत फायदा होगा—सबसे पहला फायदा तो यह होगा कि जब तुम्हारे घर वालों को यह पता चलेगा कि तुमने शादी कर ली है और बम्बई की फिल्मी दुनिया में अच्छी तरह से सेट होने के बाद ही तुम वापिस दिल्ली आओगी—तब वह तुम्हारी तलाश बन्द कर देंगे—और दूसरा फायदा यह होगा कि तुम दोनों की शादी की खबर मुझे भी बदनाम होने से बचा लेगी और मेरी बीवी मुझ पर शक भी नहीं करेगी...।"

"मुझे तो मिस्टर केसरी की बात में काफी दम नजर आता है रूपा और फिर उसके सिवा और कोई चारा भी नहीं...।" टोनी ने अपनी राय जाहिर की।

क्षणभर के लिए कुछ सोचती रही मँझली—और फिर उसने भी अपनी सहमति जाहिर कर दी।

"ठीक है—मगर यह सिर्फ नाम की ही शादी होगी...।"

"अरे—शादी होगी ही कहाँ—सिर्फ एक नाटक ही होगा—अच्छा तुम ऐसा समझ लेना कि तुम अपनी पहली फिल्म की शूटिंग में भाग ले रही हो...।"

और टोनी की इस बात पर बरबस ही मुस्करा उठी मँझली। केसरी ने भी चैंन की लम्बी साँस ली। अब इस समस्या से छुटकारा मिल सकेगा—इस बात का केसरी को पूरा विश्वास था।

केसरी का सोचना पूरी तरह से सही था—तभी तो बसेसर राम जो कि अभी-अभी नन्हें के साथ सेठ किशोरी लाल के घर से लौटे थे, बहुत खुश थे—ऐसे जैसे सिर से सारा बोझ उतर गया हो।

"सच पूछो तो मुझे तो सेठ किशोरी लाल जी बड़े ही भले आदमी लगे—इतनी दौलत होने के बाद भी इतना अपनापन कम-से-कम आज के जमाने में तो देखने में नहीं आता और...।"

"देख बेटे बसेसर—सेठ किशोरी लाल जी कैसे आदमी हैं—ये तो उनसे मिलने पर ही जानूँगा—नन्हें पर भी इतने मेहरबान क्यों हैं—ये तो नन्हें ही जान सकता है—कुछ बताता भी तो नहीं ये लड़का—खैर तू तो ये बता बसेसर, तूने भी फोन पर मँझली से बात की या नहीं...।"

"की कैसे नहीं जी—बिल्कुल की—बोली, बापू मैं बिल्कुल ठीक हूँ इधर और मैंने राजकुमार से शादी कर ली है—राजकुमार टोनी का ही नाम है जी—दो तीन

फिल्मों की बात भी चल रही है मँझली की—कहती है जब दिल्ली जाऊँगी—शान से आऊँगी... ।"

"शान और मान दोनों के साथ ही आये बसेसर—तभी अच्छा है—आजकल के बच्चे कहते कुछ हैं—करते कुछ हैं—कौन जाने उसने राजकुमार से शादी भी की है या... ।"

"देखो बापू—आप हमेशा उल्टा तो सोचा मत करो—उसने मुझे फोन पर साफ-साफ बोला है कि उसने राजकुमार से शादी कर ली है—और हाँ, आपको अगर ज्यादा ही शक हो रहा है तो कल ही मँझली और राजकुमार की शादी की तस्वीरें आती होंगी—उन्हें देख लीजिएगा—तब तो यकीन हो जाएगा ना आपको... ।"

"अरे जाने दे बसेसर—इन्हें तो तब भी नहीं होगा यकीन—बाल की खाल निकालने की आदत है ना इनकी—मेरी राजकुमारी-सी मँझली की शादी हुई है राजकुमार के साथ और ये मीन-मेख निकल रहे हैं—इनसे तो बात करना ही बेकार है बेटे—जा तू बाजार से थोड़ी मिठाई ही मँगवा ले। मुँह मीठा तो करवाना ही होगा ना सबका... ।"

"फिकर नाट दादी—लिव इट टू नन्हें... ।"

"और तू ये नाट वाट शाट ही करता रहेगा या लाएगा भी...?"

"अभी लो दादी—बस इधर से गया और उधर से आया... ।"

"देख बेटा, तू आ ही जाना मगर कुछ बढ़िया ही लाना और देख... ।"

मगर नन्हें दादी की पूरी बात सुने बिना ही घर से बाहर निकल गया।

"एक मिनट बड़की—मुझे कुछ कहना है तुमसे... ।" गुणवन्ती जी के स्थान पर बड़की और आप के स्थान पर तुम प्रयोग किया अश्वनी ने—पिछले दिनों की मुलाकात के दौरान दोनों काफी घुल मिल गये थे—इसीलिए।

"हाँ कहिए... ।" बड़की की निगाहें अश्वनी के चेहरे पर टिक-सी गयीं—अन्दर एक तूफान उठा होने के बावजूद प्रत्यक्ष में बिल्कुल सहज थी वह।

"अगर ठीक समझो तो किसी रेस्तराँ में चलें—वहीं बैठकर... ।"

"रेस्तराँ में भी तो भीड़ हो सकती है अश्वनी जी—यहीं कहिए ना—यहाँ भी तो आस-पास कोई भी नहीं है... ।"

"हाँ-हाँ—ठीक है—यहीं सही... ।" अपने आप को तैयार किया अश्वनी ने—"देखो गुणवन्ती मैं चाहता हूँ कि... ।"

"कि मैं आपके चाचा जी से माफी माँग लूँ... ।"

"गुणवन्ती—तुम—तुम... ।" क्षणभर के लिए तो सकपका-सा गया अश्वनी और फिर स्वयं ही आगे बोला। "नहीं—मैंने यह बात कभी भी नहीं चाही गुणवन्ती—मेरी निगाह में तो तुमने कोई अपराध किया भी नहीं और अगर कुछ हुआ भी तो—तो अनजाने में ही हुआ—मगर चाचा जी तो अपनी जिद पर ही अड़े हुए हैं कि वह तुम्हें अपनी बहू का दर्जा भी नहीं देंगे क्योंकि तुमने उनका अपमान किया है—अगर तुम उनसे माफी माँग लो तो शायद... ।"

"तो शायद चाचा जी मुझे मेरे उस अपराध के लिए क्षमा कर दें, जो अपराध मैंने किया ही नहीं—और जब आप भी जानते हैं कि मैंने कोई अपराध नहीं किया तो फिर ये क्षमा किस बात की अश्वनी... ।"

"गुणवन्ती तुम... ।"

"हो सकता है अश्वनी—मेरे माफी माँगने के नाटक पर चाचा जी मुझे माफ भी कर दें और फिर हमारी शादी भी हो जाए—मगर यह तो सिर्फ एक समझौता ही हुआ ना—अपने स्वार्थ की खातिर किया गया समझौता—हम अपने स्वार्थ की खातिर अपने बनाये हुए उसूल खुद ही तोड़ लें—यह बात कम-से-कम मुझे तो स्वीकार नहीं... ।"

"गुणवन्ती तुम समझने की कोशिश तो करो... ।"

"मैंने बहुत सोच समझकर ही ये फैसला किया है अश्वनी—आपको पाना ख्वाब है मेरा। अपने ख्वाबों में मैंने सदा ही आपको चाहा है, मगर आपको पाने के लिए अपने आपको धोखा नहीं दे सकती मैं—अगर आप मुझे पाना चाहते हैं—तो मेरे इसी रूप में स्वीकार करना होगा मुझे—अन्यथा यादों के सहारे ही जीवन काट लूँगी—बहन जी के कार्यालय में काम करके मैं अपने पैरों पर खड़ी हो सकती हूँ, यह बात मैं जान चुकी हूँ—अच्छा अब मैं चलूँ—काफी देर हो रही है... ।"

"अपने बारे में नहीं तो कम से कम मेरे बारे में तो सोचो गुणवन्ती... ।"

"नहीं अश्वनी—आज ना अपने बारे में सोच सकूँगी और ना ही तुम्हारे बारे में—ऐसा ही सोच लो कि आज बहुत स्वार्थी हो गयी है गुणवन्ती... ।"

और फिर वहाँ रुकी नहीं थी बड़की—मुड़कर तेज कदम उठाती हुई दूर होती चली गयी।

अश्वनी वहीं सड़क किनारे मोटरसाईकिल पर हाथ रखे खड़ा बड़की को जाते हुए देखता रहा और फिर स्वयं से ही बुदबुदा उठा।

"नहीं गुणवन्ती—स्वार्थी नहीं हुई हो तुम—तुम्हारी भावनाओं को पूरी तरह से समझ सकता हूँ मैं—और फिर सच पूछो तो आज तो तुम्हें पूजने को दिल चाहता है... ।"

मगर अश्वनी की इस भावना को महसूस करने के लिए बड़की वहाँ थी ही

कहाँ—वह तो सामने सड़क का मोड़ मुड़कर निगाहों से ओझल हो चुकी थी।

एक गहरी साँस लेते हुए अश्वनी ने भी अपनी मोटरसाईकिल को स्टार्ट किया और फिर कुछ ही क्षणों में उसकी मोटरसाईकिल लम्बी-चौड़ी खाली सड़क पर धीमी गति से दौड़ रही थी—मगर वह खुद नहीं जानता था कि उसे कहाँ जाना है।

दूसरे ही दिन जब मँझली और राजकुमार यानि कि टोनी के विवाह की तस्वीरें बसेसर राम और उनके परिवार के सामने पहुँच गयीं तो सबने मान लिया कि मँझली यकीनन शादी कर चुकी है—असलियत का तो आभास तक नहीं था उन्हें।

बसेसर राम जब बात बेबात ही दारू की बोतल मुँह से लगाये रखते थे, तब भला इस खुशी के मौके पर क्यों नहीं पीते वह—आये दिन तो देशी ही पीते थे—इस अवसर पर अंग्रेजी पी। वैसे अगर उन्हें मँझली की शादी होने की खुशी थी तो बड़की का रिश्ता टूटने का गम भी था।

हाँ—बड़की ने जब एक बार जटाशंकर जी से माफी माँगने से इनकार कर दिया तो फिर उसे कोई भी नहीं समझा पाया—वैसे जब अश्वनी ने ही इस बात पर अपनी हार मान ली थी तो भला कोई और क्या ही समझा पाता बड़की को।

इस रिश्ते के टूटने पर बड़की के मन को चाहे जितनी गहरी ठेस लगी हो, मगर प्रत्यक्ष में पूरी तरह से सहज रही वह—विगत कुछ अरसे से अपने आपको काफी मजबूत बना चुकी थी वह—अब अपनी आवाज को बुलन्द करने की हिम्मत थी उसमें...अपने आप को व्यस्त रखने का प्रयास और अपने पैरों पर खुद खड़े होने की कोशिश में ही वह एक बार फिर बहन जी के कार्यालय में मदद माँगने के लिए नहीं गयी थी—ना ही किसी सलाह मशविरे के लिए गयी थी—इस बार तो वह वहाँ नौकरी करने के लिए गयी थी। और उसने अपनी नौकरी के इस फैसले को बसेसर राम के लाख समझाने-बुझाने पर भी नहीं बदला—अब अपना अच्छा-बुरा खूब समझती थी वह—अपने भविष्य के बारे में खुद निर्णय ले सकती थी।

नन्हें को मँझली की छानबीन के सिलसिले में सेठ किशोरी लाल जी की जो मदद लेनी पड़ी—उसकी एक बहुत बड़ी कीमत भी चुकानी पड़ी उसे। किशोरी लाल का दाहिना हाथ बन गया नन्हें—ना चाहते हुए भी सेठ किशोरी लाल से वह सब सीखने लगा वह—जो कुछ अक्सर फिल्मों में देखा करता था वह।

छुटकी तो पढ़ाई-लिखाई में भी होशियार थी और पूरी तरह से समझदार भी—इसलिए तो अर्पणा और सुधीर सिन्हा से उसका नाता ऐसा जुड़ा था कि वह छुटकी को अपनी ही बेटी मानने लगे थे—पहले तो सुधीर सिन्हा के लाख समझाने पर भी अर्पणा कोई बच्चा गोद लेने के लिए तैयार ही नहीं होती थी—मगर अब छुटकी को गोद ले लेने की चाह उसके अन्दर बेहद बलवती हो चुकी थी मगर इसके लिए

ना तो भागवन्ती और दादा जी ही तैयार थे और ना खुद छुटकी ही–छुटकी का तो सिर्फ एक ही जवाब था कि अगर वह लोग उसे गोद लेना चाहते हैं तो उसे कोई भी एतराज नहीं, मगर उसे गोद लेने से पहले उन्हें उसकी माँ यानि भागवन्ती को भी गोद लेना होगा।

और यह बात तो किसी भी तरह से सम्भव नहीं थी ना।

लल्लू को भी लाख चाहने और कोशिश करने पर भी कहीं नौकरी नहीं मिली तो विदेश जाकर खूब रुपये कमाकर लाने का ख्वाब दिल में सँजो बैठा–बसेसर राम ने भी सोचा कि लल्लू हाथ का तो कारीगर है ही–अगर विदेश जाकर कमाई में लग गया ते पूरे घर के वारे-न्यारे हो जाएँगे–फिर तो उन्हें शराब के पैसों के लिए किसी के सामने हाथ भी नहीं फैलाना पड़ेगा–बसेसर राम की माँ यानि कि परिवार की दादी जी भी लल्लू के विदेश जाने की बात से बेहद खुश थीं–अच्छा खाने और अच्छा पहनने का शौक तो उन्हें भी था ना।

उन सबकी निगाहों में मँझली की शादी तो हो ही चुकी थी और बड़की की शादी के तो दूर-दूर तक कोई आसार नहीं नजर आ रहे थे–इसीलिए बसेसर राम ने अपनी माँ यानि दादी इमरती देवी से सलाह मशविरा करने के बाद निश्चय किया कि अब उन्हें लल्लू की भी शादी कर ही देनी चाहिए–इससे दो फायदे तो होंगे ही–एक तो इस बात का डर नहीं रहेगा कि लल्लू विदेश से वापिस लौटते समय अपने साथ कोई गोरी मेम लेकर लौटेगा–और दूसरा फायदा यह होगा कि घर को सँभालने के लिए घर में बहू आ जाएगी, वैसे भी साथ में जो थोड़ा बहुत दहेज आएगा–उससे घर की तंगी ही दूर होगी–और फिर लल्लू को विदेश भेजने के लिए भी तो रुपया चाहिए–बस लल्लू के लिए पासपोर्ट बनवाने की भी भागदौड़ शुरू हो गयी और उसके लिए लड़की तलाश करने की भी।

इन दिनों में एक विशेष बात और हुई थी–बसेसर राम का छोटा भाई सालिग राम जो कि विदेश में व्यापार करता था–अपनी पत्नी शकुन और लड़का-लड़की जिनका नाम अनुराग और सारिका था, के साथ कुछ समय के लिए भारत आया था–वह लोग दिल्ली में ही रुकने के बावजूद बसेसर राम के घर ना ठहरकर एक फाइव स्टार होटल में ठहरे थे–वैसे इस बात का मुख्य कारण सालिग राम की पत्नी शकुन थी, जिसे ना तो बसेसर राम ही पसन्द थे और ना ही उनका परिवार–मगर प्रत्यक्ष में तो वह यही कह सकती थी कि उनके दोनों बच्चे सुख-सुविधाओं के आदी हो चुके हैं, वह सुख सुविधाएँ भारत में तो उन्हें होटल में ही मिल सकेंगी।

सालिग राम का इस तरह से होटल में रहना बसेसर राम के लिए अजीब-सा

तो था, मगर वह तो हर बात नशे में ही उड़ा देने के आदी थे ना—शराब का नशा और सहगल के गीतों में डूबकर तो जहाँ को भी भूल जाते थे वह।

टोनी से झूठी शादी कर लेने के बाद मँझली बम्बई रहने के लिए आजाद तो हो गयी, मगर कई दिन गुजर जाने के बाद भी ना तो केसरी की ही फिल्म प्रारम्भ हो सकी और ना ही उसे किसी अन्य प्रोड्यूसर की फिल्म में ही कोई रोल मिल सका। धीरे-धीरे काफी निराश होती चली गयी वह।

बम्बई में रहते हुए उसे जिस समस्या का सबसे अधिक सामना करना पड़ा था—वह थी अपनी अस्मत को बचाये रखने की समस्या—एक तरफ टोनी उसे बहला फुसलाकर उसके साथ खिलवाड़ करना चाहता था तो दूसरी तरफ केसरी उसे फिल्म की हीरोइन बनाने के ख्वाब दिखाता हुआ उसके जिस्म को पा लेना चाहता था।

इस बात को मँझली भी महसूस कर चुकी थी कि यहाँ बिल्कुल अकेली है वह—चाहे कितनी भी हिम्मत से काम ले—ज्यादा समय तक अपने आपको बेदाग नहीं रख पायेगी वह—और हारकर वापिस घर लौटना उसे किसी भी स्थिति में कबूल नहीं था।

वह जान गयी थी कि टोनी की हैसियत केसरी के सामने एक दलाल से अधिक नहीं है। टोनी के साथ रहते हुए तो वह किसी भी तरह अपने सपनों को पूरा नहीं कर पाएगी—उसने सोचा कि अगर उसे समझौता ही करना है तो क्यों ना नरेन्द्र केसरी से ही समझौता करे। केसरी तो पहले ही उसका दीवाना है जहाँ एक तरफ उसे रुपयों-पैसों की कोई कमी महसूस नहीं होगी—वहीं दूसरी तरफ वह केसरी की जल्दी ही शुरू होने वाली फिल्म की हीरोइन भी बन पाएगी।

मँझली ने जब केसरी के सामने उसकी बात मानने में सहमति जाहिर की तो वह खुशी से फूला नहीं समाया और टोनी को झाँसा देकर मँझली को अपने ही एक खाली फ्लैट में ले गया। बम्बई आने के बाद वह अक्सर इसी फ्लैट में रुका करता था।

अब केसरी एक तरफ तो मँझली के साथ मौजमस्ती मनाने के लिए पूरी तरह से आजाद था, दूसरी तरफ उसे इस बात की चिन्ता नहीं थी कि फाइव स्टार होटल का लम्बा-चौंड़ा बिल रोज उसके खाते में चढ़ता चला जाएगा।

केसरी ने अब तक मँझली के ऊपर जितने भी रुपये खर्च किये थे—वह तो मँझली के जवान जिस्म से वसूल कर ही लिये उसने—अब मँझली को हीरोइन के रूप में अपनी फिल्म में चांस देना भी तो उसका फर्ज था और फिर वह खुद भी तो सुपर स्टार विश्व मोहन को अपनी फिल्म में बतौर हीरो साइन करने के लिए भाग-दौड़ कर रहा था—वह जानता था मँझली को वह तभी हीरोइन के रूप में ले सकेगा, जब सुपर स्टार विश्व मोहन चाहेगा—हीरोइन के सलेक्शन के मामले में

अपनी पूरी मरजी चलाता था वह—इसीलिए केसरी ने मँझली को विश्व मोहन से मिलवाने का निश्चय कर लिया।

मँझली खुद भी तो सुपर स्टार विश्व मोहन की झलक तक पाने के लिए बेताब थी और फिर उसके साथ तो एक बहुत ही खूबसूरत ख्वाब जुड़ा हुआ था कि अगर विश्व मोहन ने उसे पसन्द कर लिया तो वह फिल्म में विश्व मोहन जैसे सुपर स्टार की हीरोइन होगी और अगर एक बार उसे यह चांस मिल गया तो देखते-ही-देखते वह कहाँ की कहाँ होगी। इस मौके को वह हाथ से नहीं निकलने देना चाहती थी—किसी कीमत पर भी नहीं—केसरी को खुश करने के लिए एक बार तो जिस्म को दाँव पर लगा ही चुकी थी वह और केसरी तो विश्व मोहन के सामने कुछ भी नहीं था।

अजीब-सी राह पर चल पड़ी थी मँझली—बहुत कुछ पाने की चाह में अपने आपको भी खोती जा रही थी।

लल्लू को विदेश भेजने के लिए बसेसर राम के छोटे भाई सालिग राम ने पत्नी के ना चाहते हुए भी बसेसर राम को पाँच हजार रुपये दे ही दिये—लल्लू के पासपोर्ट पर कोई विशेष नहीं तो टिकट वगैरह पर तो खर्चा होना ही था ना और फिर जो एजेंसी लल्लू को दुबई भेज रही थी—उसे भी तो अपना कमीशन चाहिए था ना।

नौकरी के मामले में लल्लू की किस्मत का सितारा चमका या नहीं—ये तो बाद की बात है मगर शादी के मामले में लल्लू की किस्मत का सितारा जरूर चमक-दमक उठा।

बेचारे लल्लू को कितनी ही लड़कियाँ कैंसिल कर चुकी थीं—लल्लू भी किसी को कैंसिल करके अपने मन की भड़ास निकाल सके— इस बात का नम्बर ही नहीं आता था—वैसे तो उषा रानी भी लल्लू को कैंसिल कर देती, मगर उसकी सौतेली माँ तो घर में उसका जीना हराम किये हुए थी और फिर लल्लू भी उसे सीधा सादा इनसान लगा—वैसे उसने भी इस विवाह के बारे में ही हाँ करने से पहले पूरी पूछताछ की—क्योंकि उसे सन्देह था कि लल्लू पूरी तरह से बेरोजगार है—और इसी छानबीन के सिलसिले में वह बहन जी के कार्यालय में बड़की से मिलने भी गयी और बड़की ने खुद पूरी छानबीन करने के बाद उषा रानी को यह जानकारी दी थी कि लल्लू वास्तव में नौकरी करने ही विदेश जा रहा है, उसका नियुक्ति पत्र भी आ चुका है। वैसे भी लल्लू हाथ का तो बहुत ही अच्छा कारीगर है।

बड़की की इस रिपोर्ट का नतीजा स्पष्ट था।

लल्लू की उषा रानी यानि बिल्लो के साथ हुई सगाई।

उषा रानी का घर का नाम बिल्लो ही था ना। खूब जोड़ी थी—एक लल्लू तो दूसरी बिल्लो।

शीघ्र ही दोनों की शादी का मुहूर्त भी निकलवा लिया गया, जिससे कि विदेश जाने से पहले लल्लू अपनी उषा रानी के साथ कुछ दिन गुजार सके।

सुपर स्टार विश्व मोहन ने आज ही केसरी और मँझली को मिलने का समय दिया हुआ था—वैसे उसके सामने मँझली यानि मिस रूपा की तारीफों के बड़े-बड़े पुल पहले ही बाँधे जा चुके थे।

मँझली आज विश्व मोहन से मिलेगी—इस बात की जानकारी टोनी को पहले से ही थी—मँझली और केसरी से धोखा खाने के बाद वह अभी तक चोट खाये नाग की तरह फूँफकार रहा था।

मँझली के स्टूडियो में आते ही विश्व मोहन ने उसे सरसरी निगाह से देखने के बाद अपने मेकअप रूम में पहुँचवा दिया—मँझली के साथ अकेले में डिस्कशन करना था उसे—वैसे इस डिस्कशन में उसे एकान्त की जरूरत क्यों है—इस बात को केसरी ही नहीं मँझली भी जानती थी—और इसके लिए पूरी तरह से तैयार भी थी वह।

मगर इससे पहले कि विश्व मोहन शूटिंग के ब्रेक में मँझली के पास तक पहुँच पाता—टोनी उसके सामने आ खड़ा हुआ।

टोनी जानता था कि विश्व मोहन के इर्द-गिर्द उसकी चमचागीरी करने वालों की भीड़ लगी रहती थी और उसकी निगाह में टोनी की हैसियत भी एक चमचे से अधिक नहीं थी।

"क्या बात है चमचे—कोई खास खबर लाया है क्या...।"

"हाँ विश्व मोहन जी—आपके लिए एक बहुत जरूरी और महत्त्वपूर्ण समाचार...।"

"ठीक है—जल्दी बोल—बहुत काम है अभी—मेकअप रूम में भी एक इन्तजार कर रही है...।"

"मैं उसी रूपा की असलियत बताने आया हूँ विश्व मोहन जी—वह कोई दौलतमन्द लड़की नहीं—दिल्ली की जनता कालोनी के एक एल.आई.जी. फ्लैट में रहनें वाले साधारण से परिवार की लड़की है...।"

"हूँ...ये बात है...।" वह तो ऐसे डींग मार रही थी जैसे किसी स्टेट की राजकुमारी हो—लाखों-करोड़ों की वारिस, खैर—तुझे यह सब कैसे पता...।" विश्व

मोहन की निगाहें टोनी के चेहरे पर जम-सी गयीं।

"मैं...मैं उसे खुद बम्बई लेकर आया था...।"

"और तेरा पंछी केसरी ले उड़ा...।" विश्व मोहन के चेहरे पर मुस्कराहट तैरती चली गयी।

"जी हाँ...मगर मैं उसे सबक सिखाना चाहता हूँ...।"

"देख, चमचे—ये तो तेरा काम है—हाँ, अभी थोड़ी देर के बाद वह लड़की मेरे मेकअप रूम से बाहर निकल आएगी—अब जब मेरे पास आ ही गयी है तो ऐसे ही थोड़े जाने दूँगा उसे—निराश हो जाएगी ना बेचारी—और इस केसरी को तो बाद में देख लूँगा—मुझे बनाने चला था साला...।"

और विश्व मोहन के जाने के बाद टोनी वहीं खड़ा रह गया था—होंठों पर जहरीली मुस्कराहट बिखेरते हुए। वह जानता था कि अब रूपा घंटे दो घंटे तो विश्व मोहन के केबिन से बाहर नहीं निकल पाएगी—सोचा था कि क्यों ना कैंटीन से कुछ खा-पी लिया जाए। इसी बीच सोच के साथ मुड़ा ही था टोनी कि सामने से आते केसरी को देखकर उसके चेहरे पर बिखरी मुस्कराहट की परतें गहरी होती चली गयीं।

"टोनी तुम...।" टोनी को देखते ही चौंक उठा केसरी—चेहरे पर रंग बदल गया—सम्भवत इस सोच के साथ कि टोनी कहीं कुछ गड़बड़ ही ना कर दे—वरना बना बनाया काम बिगड़ जाएगा।

"हाँ मिस्टर केसरी मैं—चलिए आपने पहचान तो लिया—वरना मैं तो सोच रहा था कि...।"

"बकवास बन्द करके यह बताओ कि यहाँ क्या करने आये हो...।" केसरी का स्वर तेज हो उठा।

"बस ऐसा ही समझ लो केसरी कि अपना हिसाब-किताब चुकाने के लिए ही यहाँ आ पहुँचा मैं—वैसे अब ज्यादा चीखने-चिल्लाने का कोई भी फायदा नहीं क्योंकि अपना काम मैं निपटा चुका हूँ...।"

"क्या...? क्या मतलब...?"

"मतलब यह है कि केसरी—फिलहाल तो तुम्हारी पहली फिल्म शुरू होने से पहले ही बन्द होने की हालत में है। विश्व मोहन को मैं तुम्हारी और रूपा की असलियत बता चुका हूँ।"

"तुम...तुम...।"

"कहा ना मिस्टर केसरी—बौखलाने की कोई आवश्यकता नहीं और ना ही मेरा कालर पकड़ने की जुर्रत कीजिए वरना आपकी शक्की दिमाग धर्म पत्नी आज और अभी यह बात सबूत के साथ जान जाएगी कि आप यहाँ बम्बई में फिल्म नहीं बना

रहे, बल्कि दिल्ली से ही एक लड़की को भगाकर यहाँ लाने के बाद उसके साथ रातें रंगीन कर रहे हैं...।"

"तुम इतने कमीने निकलोगे, यह मैंने कभी सोचा भी नहीं था...।"

"और मैंने भी यह बात कभी नहीं सोची थी केसरी कि तुम मेरी ही चिड़िया को अपनी दौलत के जाल में फँसा लोगे–खैर जाने दो–हाँ, अगर तुम चाहते हो केसरी कि यह विवाद आगे नहीं बढ़े–तो मुझे अभी उस फ्लैट की चाबी चाहिए जिसमें तुम रूपा के साथ ठहरे हुए हो–अब उस फ्लैट में रूपा के साथ मैं रहूँगा...।"

"टोनी तुम...?"

"जवाब हाँ या ना में दो केसरी–वैसे ना की सूरत में तुम सोच सकते हो कि जो टोनी सुपर स्टार विश्व मोहन तक पहुँच सकता है, वह टोनी और भी बहुत कुछ कर सकता है–कम से कम तुम्हारे बीवी बच्चों के सामने तुम्हारे कारनामें तो खोल सकता है...।"

"उफ...।"

"फ्लैट की चाबी दे रहे हो केसरी या...?"

"हाँ...हाँ...। ये लो... मगर याद रखो–केसरी से टकराना बहुत महँगा पड़ेगा तुम्हें...।"

"और तुम भी ये बात याद रखना केसरी–मुझसे टकराना भी आज तक किसी को सस्ता नहीं पड़ा...।"

जहरीली मुस्कराहट के साथ ही बोलते हुए उसने फ्लैट की चाबी को मुट्ठी में भींच लिया था और फिर चन्द क्षणों के बाद खुद ही आगे बोला था–

"ओ.के.केसरी–अब तुम जा सकते हो–कहीं विश्व मोहन ने तुम्हें देख लिया तो तुम कम-से-कम इस जन्म में तो फिल्म बनाने की बात क्या फिल्म का ख्याल भी दिल में नहीं ला सकोगे–हाँ रूपा की चिन्ता मत करो–मैं सँभालना जानता हूँ उसे–अब तो उसे मेरे साथ ही रहना है ना...।"

कुछ बोला नहीं केसरी–चन्द क्षणों तक जलती आँखों से टोनी की तरफ देखता रहा था और फिर झटके से मुड़कर तेज कदमों से चलता हुआ दूर होता चला गया था।

टोनी अभी भी मुस्करा रहा था–मुट्ठी में केसरी के फ्लैट की चाबी भींचे हुए।

"गुड चन्दर–वेरी गुड–पहले तो हम सिर्फ सोचा ही करते थे, मगर अब तो हमें इस बात का पूरा यकीन हो गया है कि तुम्हारे अन्दर वह सारे गुण हैं, जो तुम्हें हमारी गद्दी का वारिस बना सकते हैं...।"

"मगर मैं आपकी गद्दी का वारिस नहीं बनना चाहता किशोरी लाल जी—मैं ख्वाब तो देखा करता था मगर इतने ऊँचे नहीं जितने आप दिखा रहे हैं मुझे—मुझे अपनी ही जिन्दगी में खुश रहने दीजिए सर... ।"

"कमजोर होना कायरता की निशानी है चन्दर—तुम्हें तो अपने पर नाज होना चाहिए कि हम खुद तुम्हें यह सब कुछ सिखा रहे हैं... ।"

"मेरा भविष्य क्या होगा—यह सोचकर कभी-कभी मुझे बहुत डर लगता है किशोरी लाल जी... ।"

"देखो चन्दर—भविष्य दूसरे के हाथों और अपने दिमाग से बनाया जाता है—आज की दुनिया का यही दस्तूर है—और हाँ, एक बात और याद कर लो चन्दर हम जानते हैं, तुम चोरी छिपे हमारी जासूसी करने की कोशिश करते हो—वैसे तो इसमें कोई बुरी बात नहीं—रहस्यों को जानने की कोशिश तो तुममें होनी ही चाहिए, मगर इतनी होशियारी भी तो होनी चाहिए कि तुम अपने काम को सही अंजाम दे सको—जो जानना चाहते हो जान सको... ।"

"सर... । सर मैं तो... ।"

"एक बात और चन्दर—एक बात अच्छी तरह से याद कर लो—अब तुम्हें हमारे साथ ही काम करना है—हमारे रहस्यों को जानने के बाद कोई भी हमसे दूर नहीं जा सकता—फिलहाल जिन्दा तो बिल्कुल ही नहीं और फिर तुम्हें तो हम अपनी गद्दी का वारिस बनाना चाहते हैं... ।"

और नन्हें खामोशी से किशोरी लाल की तरफ देखता रहा—वह उसे कहने सुनने का मौका भी कहाँ दे रहे थे।

"ओह—एक बात तो हम तुम्हें बताना भूल ही गये चन्दर—शहर से बाहर फार्म पर हमारा जो बँगला है ना—जरा अपनी देख-रेख में उसे पूरी तरह से सजा सँवार दो—हमारे एक परिचित राज कुमार अजय सिंह वहाँ कुछ दिन रहेंगे—हाँ, उन दिनों मैं और कामिया भी वहीं रहेंगे—और तुम्हें भी अजय सिंह को पूरी तरह से अटेंड करना होगा... ।"

"मगर सर—ये अजय सिंह... ।"

"अजय सिंह छोटी-मोटी हस्ती नहीं है चन्दर—एक बहुत बड़ी एस्टेट का राजकुमार है—हम सोच रहे हैं कि फार्म में चन्द दिन गुजारने के बाद अगर अजय सिंह और कामिया एक दूसरे को पसन्द करते हैं तो हम कामिया का हाथ अजय सिंह के हाथ में देकर इस आखिरी बोझ से भी मुक्ति पा लेंगे—क्यों ठीक सोच रहे हैं ना हम... ।"

"जी...जी ये तो आप ही बेहतर सोच सकते हैं सर... ।" अपने आप पर पूरी तरह से काबू पाते हुए बस इतना ही कह सका नन्हें।

दिल पर जो गुजर रही थी—उसे वही महसूस कर सकता था।

"देखो...देखो टोनी तुम...।"

"मुझे क्या दिखा रही हो रूपा यानि कि जनता कॉलोनी की रूपवन्ती जी—अब तो जो मैं दिखा रहा हूँ—वह आप देखती जाइए—विश्व मोहन के पास से भी तुम्हें ले आया मैं और तुम्हारे नये यार केसरी से भी तुम्हें छीन लिया मैंने...।"

"तमीज से बात करो टोनी तुम...।"

"तमीज अब मुझे नहीं तुम्हें सीखनी होगी रूपा क्योंकि अब तुम मेरे फन्दे में हो—मेरे जाल की चिड़िया थी ना तुम—खूब फड़-फड़ाकर देख लिया मगर फिर भी मेरे ही जाल में वापिस आना ही पड़ा तुम्हें—इसी फ्लैट में केसरी की कितनी ही रातें रंगीन की होंगी तुमने, मगर अब ऐसे सती सावित्री बन रही हो कि जैसे मेरा हाथ लगने से भी अपवित्र हो जाओगी तुम...।"

"याद रखो टोनी—मैं अपनी जान दे दूँगी, मगर तुम्हें पास नहीं आने दूँगी।" बिफर-सी उठी मँझली।

"हाँ—मुझसे तो तुम्हें एलर्जी है ना...। खैर कोई बात नहीं—मैं नहीं तो कोई और सही...।"

"क्या...। क्या मतलब है तुम्हारा। चाहते क्या हो तुम...।" मँझली बदहवासी में चीख-सी उठी।

"मतलब यह है जानेमन कि तुम्हारे लिए ग्राहक लेने जा रहा हूँ मैं—पेट तो भरना ही है ना और टोनी तो इसी तरह कमाता है...।"

और मँझली सन्नाटे की हालत में टोनी की तरफ देखती रह गयी।

"क्या बात है अश्वनी—आजकल काफी खामोश-से रहते हो तुम...।"

"क्या अनीता जी आप तो...।"

"देखो अश्वनी—तुम्हारे सीनियर तो हैं हम—मगर अच्छे दोस्त भी हैं—हमसे कुछ छिपाने का क्या फायदा...।"

"मगर कुछ बताने लायक हो भी डॉक्टर अनीता...।"

"गुणवन्ती से रिश्ता टूट गया क्या...।"

"नहीं अनीता जी—यह रिश्ता टूटने के लिए नहीं बना था—हाँ, हम एक दूसरे के जीवन साथी बन सकें—इस रास्ते में जरूर कुछ रुकावटें आ गयी हैं—मगर हमारे लिए तो ये रुकावटें जिन्दगी के एक इम्तहान की तरह हैं—बहुत से इम्तहानों से

गुजरना होता है ना जिन्दगी में—एक इम्तहान यह भी सही। मगर देख लीजिएगा—हम इस इम्तहान में हारेंगे नहीं...।"

"हमारी शुभ-कामनाएँ आपके साथ हैं अश्वनी...।"

"थैंक्स अनीता जी...।"

अनीता के जाने के बाद अश्वनी एक बार फिर सोचों में डूब गया था।

टोनी वास्तव में ही मँझली के लिए ग्राहक तलाश कर लाया।

मँझली जानती थी कि वह टोनी का मुकाबला नहीं कर सकेगी—उसे बचाव का सिर्फ एक ही रास्ता सूझा कि वह अपने आपको कमरे के साथ ही जुड़ी रसोई में बन्द कर ले तो टोनी के चंगुल से फिलहाल तो बच ही सकती है।

और उसने वही किया।

टोनी ने मँझली को साम, दाम, दंड, भेद हर प्रकार से अपने काबू में करने की कोशिश की, मगर आखिरकार हारकर ग्राहक को ही वापिस लौटना पड़ा—हाँ, जाते जाते वह अपना कार्ड जरूर दे गया और साथ ही यह भी कह गया कि वह रात को फिर आएगा—अगर टोनी तब तक रूपा को तैयार कर सका तो...।

मगर मँझली को दरवाजा नहीं खोलना था—नहीं खोला। टोनी की भी जिद थी कि वह जैसे भी हो मँझली को अपने काबू में ही करके दम लेगा—इसीलिए उसने रसोई के सामने ही अपना डेरा जमा लिया और सोने का अभिनय किया।

रसोई में खाने के लिए कुछ भी नहीं था और मँझली को तो भूखे रहने की आदत नहीं थी—टोनी से तो कोई उम्मीद की भी नहीं जा सकती थी—वैसे तो इस वक्त भूख मिटाने से बड़ी समस्या अपनी अस्मत बचाने की थी।

जब बड़ी देर तक कमरे से कोई आहट नहीं उभरी तो मँझली ने डरते-डरते यह सोचकर धीरे से रसोई का दरवाजा खोला कि टोनी खा-पीकर आराम से सोया पड़ा होगा।

टोनी की आँखें बन्द जरूर थीं मगर वह सोया हुआ नहीं था बल्कि सोने का अभिनय कर रहा था और जैसे ही मँझली दबे पाँव उसके करीब से गुजरते हुए द्वार की तरफ बढ़ी—टोनी एकाएक बाज की तरह झपट पड़ा मँझली पर।

एक तरफ मँझली हर हाल में टोनी के चंगुल से बच निकलना चाहती थी—दूसरी तरफ टोनी हर हाल में मँझली के ऊपर हावी हो जाना चाहता था—मँझली उससे बुरी तरह से भयभीत होकर उसके इशारों पर नाचने के लिए विवश हो जाए इसके लिए उसने रिवाल्वर तक निकाल लिया।

मगर नहीं—फिर भी वह काबू नहीं पा सका मँझली पर—मँझली धोखे से टोनी के सिर पर सिलबट्टा मारकर वहाँ से भाग निकलने में सफल हो गयी।

टोनी तो सिलबट्टे की तेज चोट से तुरन्त ही बेहोश हो गया था—हाथ में रिवाल्वर पकड़े हुए ही और यह रिवाल्वर ही उसकी मौत का कारण बन गया—बेहोशी में ही मौत के मुँह में चला गया टोनी।

हुआ यह था कि मँझली के वहाँ से भाग निकलने के तुरन्त बाद ही वह आदमी जो पहले टोनी के साथ ग्राहक बनकर आया था, वहाँ आ पहुँचा और उसने जब टोनी को बेहोश और फ्लैट को खाली देखा तो वह बौखलाया हुआ उल्टे पाँव वापिस भाग लिया बिना इस बात का खयाल किये हुए कि उसका विजटिंग कार्ड तो टोनी के पास ही रह गया है।

इस आदमी को सब कुलकर्णी के नाम से जानते थे।

कुलकर्णी के जाने के बाद एक और आदमी इस फ्लैट में दाखिल हुआ और चन्द क्षणों के बाद जब वह दादा टाइप आदमी भी उस फ्लैट से बाहर निकला तो उसके चेहरे पर अपने काम को पूरा अंजाम देने की मुस्कान थी। यहाँ आते हुए उसने तो इस बात को ख्वाब में भी नहीं सोचा था कि यहाँ उसका काम इतना आसान हो जाएगा।

बदमाशों जैसे हुलिए वाला ये युवक कोई और नहीं मदन था—बम्बई की अपराध दुनिया का जाना-माना बदमाश मदन।

और कुछ ही देर के बाद मदन नरेन्द्र केसरी के सामने मौजूद था।

"काम हो गया मदन...।" केसरी ने पूछा था—गम्भीर स्वर में।

"मदन वही काम हाथ में लेता है केसरी साहब जो काम वह कर सकता है—आपका काम इस सफाई से किया है कि आप भी क्या याद करेंगे। हाँ लाइए—अब कड़क-कड़क नोट निकालिए—हाथों में खुजली हो रही है।" कहते हुए मदन ने अपना दाहिना हाथ आगे बढ़ा दिया केसरी की तरफ।

और केसरी ने मदन की उस खाली हथेली में दस हजार रुपयों की एक गड्डी रख दी—मुस्कराते हुए।

मदन की बिल्ली जैसी आँखों की चमक गहरी होती चली गयी थी।

टोनी के चंगुल से बच निकलने के बाद बम्बई में इधर-उधर भटकती हुई मँझली के दिलोदिमाग पर यही सोच हावी रही कि उसने टोनी का खून कर दिया है—और जब उसने इवनिंग न्यूज में टोनी के मर्डर की खबर पढ़ी तो उसके तो होश ही उड़

गये—उसका सन्देह यकीन में बदल गया।

मँझली को फाँसी का फन्दा अपनी आँखों के सामने झूलता हुआ नजर आने लगा—उसे भय था कि यहाँ बम्बई में पुलिस उसे किसी भी क्षण दबोच लेगी—उसे यहाँ से फौरन दिल्ली के लिए ट्रेन पर बैठ जाना चाहिए, वैसे भी हीरोइन बनने की चाह में बम्बई आकर उसने बहुत से रंग देख लिये थे जिन्दगी के।

उसी दिन ही ट्रेन में बैठकर बम्बई से दिल्ली आ गयी वह—वहीं—उसी जनता कालोनी के एल.आई.जी. फ्लैट में बुरी तरह से डरी-सहमी हुई—बिल्कुल पागलों की-सी हालत में।

मँझली का इस तरह और अकेले ही आना तो अप्रत्याशित था ही—साथ ही मँझली की इस हालत ने भी सबको बुरी तरह से चौंका दिया—घर में तो लल्लू की उषा रानी के साथ शादी की तैयारियाँ जोर शोर से चल रही थीं—मँझली का इस वक्त घर आकर इस तरह रोना-धोना ना तो दादी जी को ही अच्छा लगा और ना ही लल्लू को। लल्लू की निगाहों में तो रंग में भंग डालने वाली बात थी और फिर मँझली सिर्फ रोने-धोने के सिवा कुछ बताने को भी तो तैयार नहीं थी। कुछ कहती थी तो सिर्फ इतना ही कि बचा लो मुझे—मुझे बचा लो—फाँसी पर चढ़ा डालेंगे मुझे—जेल में बन्द कर देंगे—मैंने मार दिया उसे—मार डाला उसे मैंने। और मँझली की इस चीख-पुकार से भला कोई क्या अन्दाजा लगा पाता।

बसेसर राम को मँझली के पति राजकुमार यानि टोनी का मँझली के साथ ना आने का सिर्फ एक ही कारण नजर आ रहा था और वह यह था कि मँझली का राजकुमार से किसी बात पर झगड़ा हो गया होगा और बात बढ़ गयी होगी और लाड प्यार से पली और बड़ी हुई मँझली राजकुमार को छोड़कर चली आयी होगी। हो सकता है थोड़ी बहुत मार पीट भी हुई हो—तभी तो वह मरने-मारने की बातें कर रही है—सम्भवत अपना मानसिक सन्तुलन खो बैठी है—और इस बात का एक ही हल सूझा था उन्हें और वह यह था कि उन्हें मँझली को किसी अच्छे डॉक्टर को दिखाना चाहिए और तब बड़की ने उन्हें डॉक्टर अश्वनी का नहीं—डॉक्टर अर्पणा सिन्हा का नाम सुझाया था। लेडी डॉक्टर होने के कारण डॉक्टर अर्पणा सिन्हा मँझली के इस अजीब-से रोग को अच्छी तरह से समझ सकती थी ना।

और डॉक्टर अर्पणा ने मँझली के चैकअप के बाद बसेसर राम से यही कहा था।

"आपकी बेटी की यह हालत मानसिक तनाव के कारण लगती है बसेसर राम जी—फिलहाल आपके लिए एक खुशी की खबर भी है और वह यह है कि आपकी बेटी मँझली माँ बनने वाली है...।"

पहले से ही परेशान बसेसर राम तो सोच भी नहीं सके थे कि यह अवसर खुशी का है या उनकी परेशानी और अधिक बढ़ गयी है।

मगर जब यही बात मँझली को पता चली थी तो वह चीत्कार कर उठी थी।

"नहीं...।"

दूसरी तरफ बम्बई में टोनी की हत्या की जाँच का काम बम्बई पुलिस के कर्तव्यनिष्ट इंस्पेक्टर–इंस्पेक्टर सामदार को सौंपा गया था और इंस्पेक्टर सामदार अपने मातहत हवलदार पांडु रंग के साथ रात-दिन इस केस पर काम करने के बाद एक नतीजे पर पहुँच चुका था।

लल्लू की शादी में मँझली का जाना सम्भव नहीं था–डॉक्टर अर्पणा की निगाह में उसे पूरी तरह से आराम की आवश्यकता थी। चूँकि यह विवाह गाँव वाले घर में किया जा रहा था। इसलिए बसेसर राम और उनके बेटे, भाई सालिग राम दोनों सपरिवार गाँव पहुँच गये थे।

लल्लू की शादी की भागदौड़ के सिलसिले में नन्हें तो गाँव से शहर और शहर से गाँव के बीच ही भाग-दौड़ कर रहा था–साथ ही सेठ किशोरी लाल के काम भी तो निपटाने पड़ते थे उसे–और राजकुमार अजय सिंह की जिम्मेदारी भी तो उसके ऊपर थी–ऐसी परिस्थितियाँ पैदा कर दी थीं कि कामिया नन्हें से नफरत करने लगी थी और उसने भी राजकुमार अजय सिंह से विवाह करने की स्वीकृति दे दी थी।

हाँ–लल्लू की शादी के समय बड़की दिल्ली में ही रही–मँझली की देख-रेख की पूरी जिम्मेदारी उसने अपने ऊपर ले ली थी–मगर उस वक्त तो वह भी बेहद परेशानी में पड़ गयी थी, जब एक तरफ तो गाँव में लल्लू यानि ललित प्रसाद उषा रानी के साथ फेरे ले रहा था–दूसरी तरफ बम्बई से उसी शाम ही इंस्पेक्टर सामदार दिल्ली पुलिस के साथ मँझली को गिरफ्तार करने पहुँचा था।

मँझली के खिलाफ टोनी की हत्या का आरोप था और इसी सम्बन्ध में मँझली को कानून की गिरफ्त में लिया था, तब तो बड़की और बसेसर राम को पहली बार पता चला था कि राजकुमार यानि टोनी की हत्या हो चुकी है।

बड़की ने अपनी तरफ से पूरी-पूरी कोशिश की कि वह कानूनी मामलों की विशेषज्ञ श्याम लता बहन की मदद से मँझली की जमानत करवा ले–मगर मँझली के जमानत का अधिकार अब बम्बई की अदालत के हाथ में था–इंस्पेक्टर सामदार का काम तो मँझली को बम्बई की अदालत में पेश कर देना था–और अपनी ड्यूटी को वह पूरी सख्ती और मुस्तैदी से निपटा रहा था।

एक तरफ तो बेचारे लल्लू की शादी के साथ ही टोनी की मृत्यु की खबर और इस आरोप में मँझली का पकड़ा जाना एक अप्रत्याशित-सी बात थी मगर इस घटना

का असर प्रत्यक्ष रूप से लल्लू की नव व्याहता उषा रानी पर पड़ा—बसेसर राम और दादी जी दोनों ने ही उसे मनहूस का दर्जा दे दिया। उषा रानी शादी की पहली ही रात जान गयी कि उसके नसीब में तो सहना ही लिखा है। आधी डगर तो मायके में सौतेली माँ की जली-कटी बातें सुनते ही निकाल दी, अब यहाँ भी उसे सुनना और सहना ही होगा।

बसेसर राम को अपनी इस पुत्र वधू से एक मुख्य शिकायत यह भी तो थी कि वह दहेज इतना कम लायी है कि शादी में नकद मिले रुपयों से लल्लू की नौकरी के लिए विदेश भी नहीं भेजा जा सकता है।

दूसरी तरफ नन्हें अपने दिल पर पत्थर रखकर कामिया और राजकुमार के विवाह में शामिल हुआ—शामिल ही नहीं हुआ बल्कि पूरी भाग-दौड़ भी की उसने—छोटी बड़ी हर चीज का ध्यान रखना उसी की जिम्मेवारी थी—अपनी प्रेमिका को अपने ही हाथों से दूसरों की डोली में बिठा देना—सच यह बात कितनी कठिन थी नन्हें के लिए—मगर उसने तो इसे भी जिन्दगी का एक इम्तहान ही समझा।

हाँ, इंस्पेक्टर सामदार तो मँझली को बम्बई ले जाने की पूरी तैयारी कर चुका था मगर ऐन वक्त पर मँझली ने स्वेटर बुनने की सलाई पेट में घोंपकर आत्महत्या करने की कोशिश की—तुरन्त डॉक्टरी उपचार से मँझली की जान तो बच गयी मगर उसकी कोख में पनप रहा शिशु कोख में ही खत्म हो गया। वैसे भी मँझली के पाप का फल था वह।

मँझली के थोड़े सही हो जाने पर अपनी ड्यूटी की पाबन्द डॉक्टर अर्पणा सिन्हा ने इंस्पेक्टर सामदार को मँझली को बम्बई ले जाने की स्वीकृति दे दी।

और मँझली के बम्बई पहुँचते ही टोनी मर्डर केस की सुनवाई प्रारम्भ हो गयी।

मँझली के केस के सिलसिले में बड़की और कानूनी मामलों की सलाहकार श्याम लता बहन दोनों ही बम्बई जा पहुँची।

श्याम लता की एक परिचित महिला बम्बई की काफी प्रसिद्ध वकील थी—मँझली के केस की पूरी जिम्मेवारी उन्होंने अपने कन्धों पर ली और केस की जाँच के दौरान मुकदमे की कई खामियों को उन्होंने पहली ही निगाह में देख लिया था। पुलिस ने अपनी जाँच के दौरान कितनी ही ऐसी भूलें कर दी थीं जिनका लाभ मँझली को मिल सकता था और फिर वास्तव में मँझली निर्दोष ही थी—उसने तो टोनी के सिर पर सिलबट्टे से वार किया था और वहाँ से भाग निकली थी—जबकि टोनी

की मृत्यु तो रिवाल्वर की गोली से हुई थी।

पुलिस ने अपनी जाँच के दौरान बिल्डिंग की एक आया का बयान लेने की कोई आवश्यकता नहीं समझी थी जो इस हत्याकांड के सम्बन्ध में काफी जानकारी रखती थी—मँझली के वहाँ से भाग निकलने के बाद उसने उस फ्लैट में कुछ समय के अन्तर पर दो आदमियों को एक के बाद एक जाते हुए देखा था।

पुलिस ने जाँच करते समय उस विजटिंग कार्ड को कोई महत्त्व नहीं दिया था—जो टोनी की लाश के पास पड़ा मिला था—वह विजिटिंग कार्ड कुलकर्णी का था और वही मँझली के वहाँ से भाग निकलने के बाद उस फ्लैट में पहुँचा था और उसने वहाँ टोनी को बेहोशी की हालत में देखा था, उस वक्त टोनी को गोली नहीं लगी थी।

स्पष्ट था कि जब कुलकर्णी के वहाँ आने तक टोनी जिन्दा था और उसे कहीं पर कोई गोली भी नहीं लगी थी तो यह हत्या मँझली ने कैसे कर दी—और फिर वह तो बुरी तरह से बड़ी डरी-सहमी हुई थी—सिर्फ अपने बचाव की सोच रही थी—हत्या वह कर भी कैसे सकती थी।

हाँ, यह हत्या उस दूसरे युवक ने की थी जो कुलकर्णी के जाने के बाद वहाँ उस फ्लैट में पहुँचा था और टोनी को इस हाल में देखकर उसी के हाथों में दस्ताने चढ़ाकर टोनी के हाथ से ही झूलते पिस्तौल से ही टोनी की हत्या करके पिस्तौल वापिस टोनी के बेजान हाथ में अटका दिया था जिससे ये हत्या का नहीं आत्महत्या का मामला लगे।

इसी युवक ने टोनी की हत्या के तुरन्त बाद केसरी के पास जाकर अपना काम पूरा करने के पैसे माँगे थे और इस बात से स्पष्ट है कि इस हत्या के पीछे केसरी का हाथ था।

यह युवक कोई और नहीं मदन था—बम्बई का जाना-माना बदमाश...।

बचाव पक्ष की महिला वकील इस बात को नहीं जानती थी कि यह हत्या किसने की, मगर पुलिस की कमजोरियों को पूरी तरह से उजागर करते हुए उन्होंने अपना पक्ष तो काफी मजबूत कर लिया।

महिला वकील की राय पर ही नन्हें ने सेठ किशोरी लाल की लम्बी पहुँच का फायदा उठाया और कुलकर्णी को अदालत में पेश करने की सफलता प्राप्त कर ली और उसे पूरी तरह से कानून का भय दिखाकर यह बात उगलवा भी ली कि उसके वहाँ उस फ्लैट में जाने तक टोनी के जिस्म पर कोई गोली का निशान नहीं था और टोनी सिर्फ बेहोश ही था।

और फिर गवाहों के बयानात के बाद बचाव पक्ष की महिला वकील ने जोरदार ढंग से अपना पक्ष अदालत के सामने रखा।

"मीलार्ड—यह बात अब पूरी तरह से साबित हो चुकी है कि पुलिस ने इस केस में अपनी जाँच के दौरान कितनी ही ऐसी गलतियाँ कीं, जिसकी सजा जमाने भर से सतायी गयी इस निर्दोष लड़की रूपवन्ती को भोगनी पड़ी...।

"योर ऑनर—आप खुद देख सुन चुके हैं कि पुलिस ने मुकदमे की जाँच के दौरान कितने ही ऐसे महत्त्वपूर्ण सूत्र छोड़ दिये जो वास्तविक अपराधी का संकेत देते थे—पुलिस को तो अपनी जिम्मेदारी से मुक्त होने से मतलब था—केस की जीत का सेहरा जल्दी से जल्दी अपने सिर पर बाँधने के लिए बम्बई पुलिस ने मेरी मुवविकल रूपवन्ती को ही कातिल ठहराने की पूरी कोशिश की जबकि वह पूरी तरह से निर्दोष थी।

"मैंने मुकदमे की जाँच के दौरान कुलकर्णी को इस मुकदमे के महत्त्वपूर्ण गवाह के रूप में पाया योर ऑनर और कि पुलिस ने अपनी प्रारम्भिक जाँच के दौरान ही कुलकर्णी के ऊपर से अपना ध्यान हटा लिया था, शायद इसलिए कि कुलकर्णी लम्बी पहुँच वाला व्यक्ति था। मगर कुलकर्णी ही अब अपने को पूरी तरह से कानून के शिकंजे में घिरा हुआ पाकर यह बात स्वीकार कर चुका है कि उसके फ्लैट में जाने तक टोनी बेहोश था और उसके सिर से लहू बह रहा था...।

"टोनी की लाश की डॉक्टरी जाँच और पोस्टमार्टम की रिपोर्ट के बाद यह बात पूरी तरह से साबित हो चुकी है कि टोनी के सिर पर चोट का निशान सिलबट्टे के कारण था और इसी कारण टोनी बेहोश भी हुआ था, मगर साथ ही पोस्टमार्टम करने वाले डॉक्टर ने यह भी स्पष्ट कहा है योर ऑनर कि सिलबट्टे का यह वार टोनी की मृत्यु का कारण कभी नहीं बन सकता...।"

"स्पष्ट है मीलार्ड की हत्या या तो कुलकर्णी ने की या फिर उस तीसरे व्यक्ति ने जो कुलकर्णी के बाद वहाँ पहुँचा था और कुछ समय तक फ्लैट में रहा था—जाहिर है कि हत्या का सारा सन्देह उसी गुमनाम युवक के ऊपर जाता है—कुलकर्णी फ्लैट में घुसने के तुरन्त बाद ही बाहर आ गया था इसलिए इस हत्या के लिए कुलकर्णी को दोषी ठहराना उचित नहीं होगा मगर अदालत को गुमराह करने की कोशिश करना भी अपराध है और योर ऑनर...।

"यही बात इस मुकदमें की मुख्य गवाह उस गिरनार बिल्डिंग में रहने वाली आया ने भी अपनी गवाही में कही है कि उसने रूपवन्ती के वहाँ से निकलने के बाद दो युवकों को एक के बाद एक उस फ्लैट में जाते देखा। पुलिस ने तो आया की गवाही को अदालत के सामने रखने की कोई आवश्यकता नहीं समझी, क्योंकि वह जल्दी से जल्दी इस केस से छुटकारा पाना चाहती थी मगर इसी आया ने ही

कुलकर्णी को पहचानकर अदालत की सहायता की है...।

"मेरी मुवक्किला टोनी जैसे दलाल के चक्कर में बुरी तरह से फँस चुकी थी योर ऑनर–उसने हीरोइन बनने की लालसा रखते हुए टोनी के साथ भागकर बम्बई आकर तो भूल की ही, मगर यह भूल तो जवानी को चढ़ती दहलीज पर कितने ही लड़के-लड़कियों से हो जाती है।

"टोनी जो कि लड़कियों की दलाली का काम करता था–रूपवन्ती को हीरोइन बनाने का लालच देकर बहला-फुसलाकर यहाँ बम्बई लाया–और यहाँ इस मासूम के साथ नकली विवाह करके इसके परिवार वालों को गुमराह करने की कोशिश की और अब वह मेरी मुवक्किला पर जोर-जबरदस्ती करके उसे वेश्या बनाना चाहता था–पेशा करवाना चाहता था रूपवन्ती से...।

"मेरी मुवक्किला तो अपनी इज्जत-आबरू पहले ही खो चुकी थी मीलार्ड और अगर उस रात वह अपना बचाव नहीं करती तो हमेशा के लिए पेशे की काली गुमनाम दुनिया में खो जाती। मेरी मुवक्किला ने टोनी के सिर पर सिलबट्टे का वार भी अपने बचाव के लिए ही किया और यह बात अब पूरी तरह से साबित हो चुकी है कि टोनी की मृत्यु उस वार से नहीं हुई।

"अब कुलकर्णी की गवाही और अन्य गवाहों के बयानात से यह बात पूरी तरह से साबित हो चुकी है मीलॉर्ड कि मेरी मुवक्किला इस मामले में पूरी तरह से निर्दोष है–उसके ऊपर हत्या का कोई भी मामला नहीं बनता–अतः मेरी अदालत से दरख्वास्त है कि रूपवन्ती को बाइज्जत बरी किया जाए–पुलिस की लापरवाही की सजा यह मासूम पहले ही बहुत दिनों तक भुगत चुकी है–आपसे मेरी यह भी गुजारिश है योर ऑनर कि अदालत बम्बई पुलिस को इस बात के लिए आदेश दे कि वह इन नये और प्रामाणिक तथ्यों के आधार पर इस मुकदमे की नये सिरे से जाँच करे और वास्तविक अपराधी का पता लगाये–बस मीलॉर्ड मुझे और कुछ नहीं कहना–आपने मुझे अपनी बात अदालत के समक्ष रखने की इजाजत दी, इसके लिए मैं आप का तहेदिल से शुक्रिया अदा करती हूँ...।"

और बचाव पक्ष की वकील की इन प्रामाणिक दलीलों का ही परिणाम था कि मँझली टोनी की हत्या के आरोप में बरी हो गयी।

इस हत्या कांड को लेकर इंस्पेक्टर सामदार जिस कड़ाई से रूपा से पेश आया था–यह उसी का नतीजा था कि अब वह खुद को अपनी ही निगाहों में अपराधी महसूस करने लगा। मँझली का अपराधी।

और जब मँझली वापिस दिल्ली लौटी थी तो यह जानकर अवाक् रह गयी थी कि डॉक्टर अर्पणा सिन्हा और सुधीर सिन्हा उसे अपनी बेटी बनाना चाहते थे।

बम्बई में मँझली के ऊपर चल रहे इस केस के दौरान बसेसर राम के परिवार में लल्लू और उषा रानी को लेकर काफी उथल-पुथल हुई—उषा रानी बेचारी ना मायके में ही सुख पा सकी और ना ससुराल में ही। बसेसर राम और दादी जी उसे बार-बार मनहूस कहकर कोसते रहे—जब भी लल्लू को विदेश भेजने के लिए एजेंट रुपयों की माँग करता उषा रानी को ही अपने पिता के पास से रुपये लाने को कहा जाता।

उषा रानी के गरीब पिता बनारसी बाबू कहाँ से लाते इतने रुपये—वैसे ही वह उषा की शादी में हैसियत से अधिक खर्च चुके थे और फिर शादी के बाद भी तो काफी दे चुके थे।

इन सब उतार-चढ़ाव के बाद भी लल्लू दुबई में नौकरी करने की चाह लिए विमान में चढ़ ही गया, मगर यहाँ भी उसका नसीब उसे धोखा दे गया और उसे बैरंग लिफाफे की तरह दुबई एयरपोर्ट से ही वापस भारत लौटा दिया गया—क्योंकि वह एजेंट जालसाज था और उसने लल्लू और उसके अन्य कई युवकों से हजारों रुपये लेने के बावजूद उनकी नौकरी का वहाँ कोई इन्तजाम नहीं किया था और उन्हें जाली नियुक्ति पत्र दे दिये थे।

लल्लू के इस तरह वापिस आने पर भी उषा रानी को ही मनहूस बताकर कोसा गया—उसके ऊपर हो रही ज्यादतियाँ और बढ़ गयीं—और यह सब कुछ कब तक बर्दाश्त करती उषा रानी—एक दिन उसने निश्चय कर ही लिया कि वह सब अब और नहीं सहेगी और उसके इस दृढ़ निश्चय का ही नतीजा था कि बसेसर राम और दादी जी के काफी विरोध के बाद भी दादा जी ने उषा रानी और लल्लू को गाँव वाले घर का एक छोटा-सा हिस्सा दे दिया, जिससे कि लल्लू वहाँ स्वतन्त्र रूप से रोजगार चलाकर अपनी अलग गृहस्थी भी चला सके। लल्लू भी अब तक जिन्दगी के इतने उतार-चढ़ाव देख चुका था कि उसे सेवन हंड्रेड डैश थर्टीन हंड्रेड का मधुर ख्वाब छोड़कर गाँव की जिन्दगी के लिए अपने आपको तैयार करना ही पड़ा।

हाँ, इसी मध्य नन्हें की जिन्दगी में काफी महत्त्वपूर्ण उतार-चढ़ाव आये—सेठ किशोरी लाल ने टोनी मर्डर केस में जिस तरह नन्हें की मदद की और कुलकर्णी और केसरी को अदालत में पेश होने पर विवश किया—उसके कारण नेता महादेव बाबू—केसरी और मदन जैसे लोग उनकी जान के दुश्मन बन गये।

इधर अजय सिंह और कामिया हनीमून मनाने के लिए आरूबा के लिए रवाना हुए और अपराधी सेठ किशोरी लाल की हत्या में कामयाब हो गये।

सेठ किशोरी लाल की मृत्यु के बाद नन्हें एक चौराहे पर आ खड़ा हुआ—सेठ किशोरी लाल उसे अपनी गद्दी का वारिस बना गये थे—मगर नन्हें

अपने अन्दर इतनी हिम्मत नहीं जुटा पा रहा था कि वह इस काली गुमनाम दुनिया को पूरी तरह से स्वीकार कर सके। नन्हें के एक तरफ तो जनता कालोनी के एल. आई.जी फ्लैट की जिन्दगी थी और दूसरी तरफ दुनिया भर के ऐशोआराम–कारों और बँगलों–कोठियों की जिन्दगी–मगर आखिर में नन्हें ने माँ और दादा जी की सीख पर ही चलने का फैसला किया–अपनी आत्मा को मारकर खुद झूठी जिन्दगी जीना स्वीकार नहीं था उसे।

और यह नन्हें के इस दृढ़ निश्चय का ही परिणाम था कि यह जानते हुए भी कि पुलिस सेठ किशोरी लाल की हत्या के सिलसिले में उस पर सन्देह कर रही है–उसने पुलिस की पूरी मदद करके फिलहाल सेठ किशोरी लाल के गुरु और इस गैंग के भूतपूर्व बॉस प्रभु दयाल को कानून की गिरफ्त में कस देना चाहा, मगर पुलिस से बचकर भाग निकलने की कोशिश करते हुए प्रभु दयाल पुलिस की गोली का निशाना बन गया।

इस तरह नरक की दुनिया का एक गिरोह तो समाप्त हुआ।

और अब बड़की की बात...।

अश्वनी को बेहद चाहती थी बड़की।

अश्वनी भी तो बड़की को भुलाकर किसी दूसरी लड़की से शादी करने की बात सोच भी नहीं सकता था, इसीलिए तो उसने बसेसर राम के भाई सालिग राम की लड़की सारिका के साथ विवाह करने से इनकार कर दिया था। मगर ना तो बड़की ही अश्वनी से शादी करने के लिए किसी प्रकार का समझौता करने के लिए तैयार थी और ना ही अश्वनी अपने चाचा जटाशंकर जी को नाराज करके बड़की को अपना सकता था।

आखिरकार एक लम्बी कशमकश के बाद जटाशंकर जी को ही हालात से समझौता करना पड़ा। वह जीवन की आखिरी साँसे पूरी करने से पहले अश्वनी की गृहस्थी बसी हुई देखना चाहते थे और जान गये थे कि अगर वह बड़की को अपनी बहू ना बनाने की जिद्द पर अड़े हुए हैं तो अश्वनी भी कम जिद्दी नहीं है–वैसे भी बड़की को लेकर उनके मन की काफी गलतफहमियाँ दूर हो गयी थीं और वह सोचने पर विवश हो गये थे कि उन्होंने गुणवन्ती यानि बड़की को समझने में जरूर कहीं भूल की है। और वह अश्वनी और बड़की की बिना दहेज शादी करके अपनी इसी भूल को सुधारने का प्रयास कर रहे थे।

और फिर अट्ठाईस मई के शुभ मुर्हूत्त पर बड़की का विवाह अश्वनी से हो ही

किसी मनुष्य का पेड़ हो जाना

वाणी
पृथ्वी

सुधीर आज़ाद

वाणी प्रकाशन
प्रकाशन के उत्कृष्टतम 61 वर्ष

vaniprakashan.com

पेपरबैक पहला संस्करण : 2024

वाणी प्रकाशन

4695, 21-ए, दरियागंज, नयी दिल्ली-110 002

फ़ोन : +91 11 23273167, 23275710

शाखाएँ

अशोक राजपथ, पटना-800 004, बिहार

कॉफ़ी हाउस कैम्पस, महात्मा गांधी मार्ग, प्रयागराज-211 001, उत्तर प्रदेश

महात्मा गांधी अन्तरराष्ट्रीय हिन्दी विश्वविद्यालय, वर्धा-442 001, महाराष्ट्र

36/ए, शेक्सपियर सरणी, रानी बिरला गर्ल्स कॉलेज के पास, कोलकाता-700 017, प. बंगाल

sales@vaniprakashan.in
vaniprakashan@gmail.com

Kisi Manushya Ka Ped Ho Jana
by Sudhir Aazad

ISBN : 978-93-5775-644-0
Poetry Collection

मूल्य : ₹ 200

जी.एस. ऑफ़सेट, दिल्ली-110 095 में मुद्रित

वाणी प्रकाशन का लोगो मक़बूल फ़िदा हुसेन की कूची से

अमरवाड़ा के उस नीम के पेड़ के नाम

जो मेरे तमाम से

वाक़िफ़ है।

गया। निस्सन्देह बेहद खुशी का अवसर था यह। और यह तो आप सब जानते हैं कि बड़की की शादी की चिन्ता सिर्फ बसेसर राम और उनके परिवार को ही नहीं—पूरे देश को थी।

बसेसर राम का टूटता-बिखरता हुआ परिवार अब फिर से एक नये सूत्र में बँधता जा रहा था।

❑❑